복한 일상의 삶, 영원한 지금(The Eternal Now), 그대 혹시 나와 같았는지!

시인마을의
예수님

신재용 지음

도서출판
이유

시인마을의 예수님
ⓒ 신재용, 2021

지은이 | 신재용
펴낸이 | 정숙미

1판 1쇄 인쇄 | 2021년 2월 20일
1판 1쇄 발행 | 2021년 2월 25일

기획·편집 책임 | 정숙미
일러스트 및 디자인 | 김근영
마케팅 | 김남용

펴낸 곳 | 도서출판 이유
주소 | 서울특별시 동작구 상도로 398-1 봉정빌딩 502호
전화 | 02-812-7217   팩스 | 02-812-7218
E-mail | verna213@naver.com
출판등록 | 2000. 1. 4 제20-358호

ISBN | 979-11-86127-20-9(03810)

시인마을의
예수님

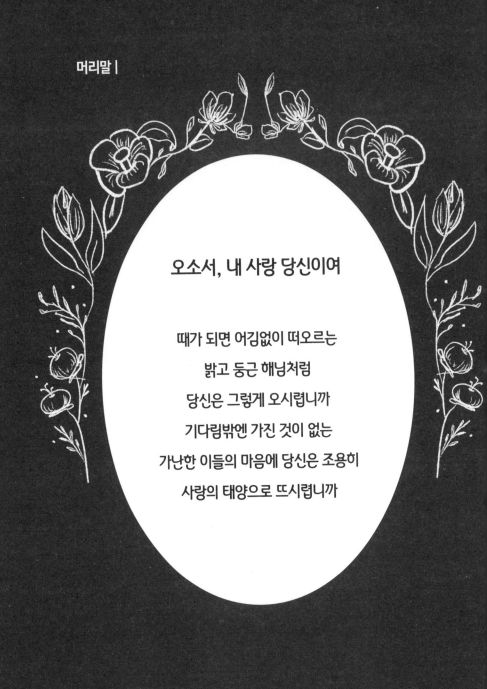

오소서, 내 사랑 당신이여

때가 되면 어김없이 떠오르는
밝고 둥근 해님처럼
당신은 그렇게 오시렵니까
기다림밖엔 가진 것이 없는
가난한 이들의 마음에 당신은 조용히
사랑의 태양으로 뜨시렵니까

이해인 수녀님의 시 [다시 대림절에]는 이렇게 시작해요.

때가 되면 어김없이 떠오는 해님처럼, 당신은, 내 사랑 당신은, 기다림밖엔 아무것도 할 수 없는 나에게 사랑의 태양으로 오실 거예요. 분명 그러하실 거예요. 그래서 나는 수녀님의 시구처럼 '기다림은 곧 기도의 시작'임을 이제야 겨우 알고 당신 오시기만을 기다려요.

오소서, 내 사랑 당신이여, 오시어 내 안에 쌓인 죄를 용서의 빗자루로 쓸어내어 주세요. 허접한 망념을 깨끗한 물줄기로 씻어내어 주세요. 어둠에 가득 찬 영혼에 해맑은 빛을 비추어 주세요. 갈증에 타는 목을 구원의 샘물로 축여주세요.
빛으로 나를 환희로 이끌어주실 당신, 꽃으로 내 안을 향기로 채워주실 당신, 사랑으로 내 앞길에 막힘을 뚫고 길을 열어주실 당신, 내 사랑 당신이여, 당신께 수녀님의 시구를 빌려 간절히 기도해요. "겸허한 갈망의 기다림 끝에 / 꼭 당신을 뵙게 해주십시오"라고요.

당신이여, 보잘것없지만 이 작은 책자를 받아주세요.
예전에 썼던 [보고 또 보고 싶은 내 사랑아]에서 몇 편을 골라 가필해서 새로 쓴 글과 함께 엮어 당신께 바쳐요. 부끄럽지만 당신께서만은 "보시니 좋았다."고 해주시지 않으실래요?

2020년 대림절에
신재용 프란치스코 올려요.

머리말

오소서, 내 사랑 당신이여

제1부

꽃씨 속에 숨은 꽃잎

제4부

올라갈 때 못 본 그 꽃

제1부

꽃씨 속에 숨은 꽃잎

가랑잎의 몸무게

가랑잎의 몸무게를 저울에 달면
'따스함'이라고 씌어진 눈금에
바늘이 머무를 것 같다

　신형건의 동시 [가랑잎의 몸무게]는 이
렇게 시작해요. 가랑잎은 '따스함'을 품고
있대요. 풀벌레랑, 꿈꾸는 풀씨랑, 제 몸
갉아 먹던 벌레까지 다 품고 있기 때문이
래요. 그리고 '너그러움'도 품고 있대요.
그래서 '가랑잎의 몸무게를 저울에 달면
/ 이번엔 '너그러움'이라고 씌어진 눈금
에 / 바늘이 머무를 것 같다'고 했어요.

사도 바오로가 말했어요.
**"겸손과 온유를 다하고, 인내심을 가지고
사랑으로 서로 참아 주며, 성령께서
평화의 끈으로 이루어 주신 일치를
보존하도록 애쓰십시오." (에페 4,2-3)**

　당신이여, 낮춤과 비움으로 "겸손과 온
유"를 다하고, 도량과 헤아림으로 "인내
심을 가지고", 서로의 존재 가치를 귀하
게 여기어 "사랑으로 서로 참아 주며", 우
리 서로가 "성령께서 평화의 끈으로 이루
어 주신 일치"를 이룸이 '너그러움'이며
곧 '순(順)'이라 표현되는 마음이 아닐까
요?　저도 벌레 먹은 가랑잎, 따스한 가랑
잎, 너그러운 가랑잎으로 당신께 매달려
있고 싶어요.

공명조(共命鳥)

나는 지금
그대를 사랑합니다.
지구 한 모퉁이가
더욱 깨끗해지고
아름다워졌습니다.

나태주의 [시]라는 시예요. '마당을 쓸
었습니다. / 지구 한 모퉁이가 / 깨끗해졌
습니다.'로 시작하여 '꽃 한 송이 피었습
니다. / 지구 한 모퉁이가 / 아름다워졌습
니다.'로 이어지다가 내가 그대를 사랑하
는 순간 '지구 한 모퉁이가 / 더욱 깨끗해
지고 / 아름다워졌습니다.'로 끝을 맺는 시
예요.

예수님의 [부자와 라자로] 비유에 이런 말씀이 있어요.
"얘야, 너는 살아 있는 동안에 좋은 것들을 받았고
라자로는 나쁜 것들을 받았음을 기억하여라.
그래서 그는 이제 여기에서 위로를 받고
너는 고초를 겪는 것이다."

공명조(共命鳥)라는 새가 있대요. 한 몸에 머리가 둘 달린 새인데 한 머리가 맛있는 열매를 혼자 챙겨 먹었다고 다른 머리가 홧김에 '너 죽어봐라.' 하며 맹독의 열매를 먹으면 둘 다 죽고 말겠지만 한 머리는 낮에 노래하고 다른 머리는 밤에 노래한다면 아름다운 노래를 언제나 울려 퍼지게 할 수 있대요.

우리도 "살아 있는 동안에 좋은 것들"을 많이 받고 있으니 혼자 잘 먹고 혼자 잘 살겠다 하지 말고 섬김과 나눔으로 살면 어떨까요? 개인적 가치를 존중하면서 공적 가치와 조화를 이루며 영원히 그치지 않을 사랑의 노래, 일치와 화해의 노래를 부르며 살면 어떨까요?

자, 내가 먼저 마당을 쓸어 볼까요? 내가 먼저 한 송이 꽃으로 피어나 볼까요? 분명 우리 사는 세상의 '한 모퉁이'나마 아름다워지지 않을까요?

그냥

이도 저도 마땅치 않은 저녁
철 이른 낙엽 하나 슬며시 곁에 내린다

그냥 있어 볼 길밖에 없는 내 곁에
저도 말없이 그냥 있는다

고맙다
실은 이런 것이 고마운 일이다

　김사인의 시 [조용한 일]이에요. '그냥' 그런 심정일 때 있어
봤나요? 이도 저도 마땅치 않아 '그냥' 있어 볼 길밖에 없는 그
런 심정일 때가요. 그럴 때 누군가가, 아니 낙엽 하나나마 슬며시
곁에 와주면 좋겠지요? 말없이 '그냥' 있어만 주어도 고맙겠지
요? 뜻도 분별도 조건도, 그리고 딱히 왜 그러느냐 할 것도 없이
그대로 줄곧 '그냥' 허허롭게 그렇게 곁에 있어주는 것만으로 고
마운 일 아니겠어요?

예수님께서는 나르드 향유를 예수님 발에 붓고 머리카락으로 예수님 발을 닦아 드리는 여인을 감싸시면서 머지않아 십자가 짊을 예고하시며 제자들에게 말씀하셨어요.

"가난한 이들은 늘 너희 곁에 있지만,
나는 늘 너희 곁에 있지는 않을 것이다."

그렇다면 늘 우리 곁에 있을 가난한 이들에게 우리가 할 일은 무엇일까요? 나르드 향유를 뿌리며 왁자지껄 호들갑떨어야 할까요? 오랜 방황 끝에 돌아온 페르귄트가 솔베이지 품에 안겨 조용히 눈을 감을 때처럼 '그냥' 그렇게 곁에 있어주면 되지 않을까요? 낙엽 하나 슬며시 곁에 내려와 앉아주는 것처럼 '그냥' 그렇게 곁에 있어주면 되지 않을까요?

저는, 정녕 저는, 당신께서 낙엽 되어 제 곁에 오셔서 '말없이 그냥' 곁에 있어주신다면 '그냥' 한없이 행복할 거예요.

관조(觀照)

저 먼 우주의
은하계를 돌던 기도가 별이 된다.
반짝이는 별빛이 창문을 넘어와
머리맡에 읽다 만 시집 갈피에 숨어
자꾸 나를 읽으려 한다.

이광복의 시 [나를 관조하다]예요. 시
인은 '나'를 어떻게 '관조'하고 있을까
요? '밤늦은 시간 기도'로써 관조한대요.
'나'를 '내'가 관조하는 것이 아니라 별이
된 기도, 그 별빛이 주체자가 되게 하여
관조하고 있군요.

예수님께서 말씀하셨어요.
**"너희는 사람의 아들을 들어올린 뒤에야
내가 나임을 깨달을 것이다."**

너희는 십자가 수난 후에야 비로소 "내
가 나임"을 깨닫게 될 것이라는 말씀이시
지요. 관조의 눈이 아니라 감각의 눈이나
논리의 눈으로 보려 들면 "사람의 아들을
들어올린 뒤에야" 알게 될 뿐이라는 말씀
이시지요.

당신이여, 당신이 누구이신지, 저로 하
여 눈의 깍지를 떼어 주시고 관조의 영안
(靈眼)을 뜨게 해 주시어 당신이 당신임
을, 당신의 선하심과 당신의 거룩하심과
당신의 아름다움을 깊이 알게 해 주세요.

그렁저렁

그렁저렁
그저 살믄
오늘같이 기계장도 서고
허연 산뿌리 타고 내려와
아우님도
만나잖는가베
안 그런가 잉
이 사람아.

　박목월의 [기계(杞溪) 장날]이라는 시
예요. 사람 한평생이란 게 별 거던가, 이러
쿵 살아도 저러쿵 살아도 시큰둥한 거 아
니겠는가, 아등바등 끌탕하며 살든 강꽉하
게 살든 다 부질없을 뿐이니 '그렁저렁 /
그저' 살다보면 장날 같이 흥겨운 날도 있

을 터이고 정겨운 이 만나 '어슬어슬한 산비알 바라보며 / 한 잔 술로 / 소회도 풀' 날 있을 터 아니겠는가, 그런 시예요.

성경 [잠언]에 이런 계교가 있어요.
**"사랑 어린 푸성귀 음식이
미움 섞인 살진 황소 고기보다 낫다."**

당신이여, 속 곯고 속 곯은 채 살진 황소 고기 먹은들 속앓이가 낫겠어요? 한 잔 술에 푸성귀 한 입 먹으며 소회 풀면 속이 뻥 뚫리며 절로 웃음 터져 나오지 않겠어요? 시인의 이 시 마지막 시어처럼 '그게 다 / 기막히는 기라 / 다 그게 / 유정한기라.' 그런 게 아니겠어요? 그게 다 행복이고, 다 그게 유정이겠지요! 그러니 세상사 모든 것 주님께 맡기고 이러쿵저러쿵 그렁저렁 그저 살면 어때요?

꽃씨 속에 숨어 있는 꽃잎

꽃씨 속에 숨어 있는
꽃잎을 보려면
흙의 가슴이 따뜻해지길 기다려라

　　정호승의 시 [꽃을 보려면]이에요. 꽃씨는
흩뿌리는 게 아니라 심는 거겠지요. 사랑의
염원을 담아 모성의 품에 다독거리며 심는
거겠지요. 그러기에 '흙의 가슴이 따뜻해지
길' 기다려야겠지요. 그러나 시인은 그냥, 마
냥, 그렇게 기다리지만 말고 '들에 나가 먼저
봄이 되어라' 해요. 스스로 먼저 봄이 되어야
꽃보다 먼저 '꽃씨 속에 숨어 있는 / 꽃잎을'
볼 수 있대요.

성경에는 이런 노래가 있어요.

**"나의 애인이여, 일어나오. / 나의 아름다운
여인이여, 이리 와 주오. / 자, 이제 겨울은 지
나고 / 장마는 걷혔다오. / 땅에는 꽃이 모습을
드러내고 / 노래의 계절이 다가왔다오."** (아가
2,10-12)

참 오래 기다렸네요. 겨울이 지나고 장마가
걷힐 때까지, '흙의 가슴이 따뜻해'질 때까
지, 참 오래 기다린 끝에 이제 연인을 부르네
요. 어여쁜 "꽃" 보게 "일어나오."라고, 달콤
한 "노래" 듣게 "이리 와 주오."라고⋯⋯.

당신이여, 꽃씨 작은 한 알에 알 밴 듯 여
문 햇살과 노을로 오실 당신, 나비 날갯짓과
벌의 노래들로 오실 당신, 저의 사랑의 꽃씨
가 당신으로 하여 알 깨고 꽃으로 피어날 그
때까지 기다릴래요. 아니, 제가 먼저 봄이
되어 기다릴래요. 제 안에 버리지 않고 품고
있던 모든 걸 다 버리고 알몸으로 기다릴래
요. '꽃씨 속에 숨어 있는 / 꽃잎을' 당신께
서 다, 다 볼 수 있게 해 드릴래요. 마냥 행
복해질 것 같아요, 그렇겠지요?

기도는 갓난아기와 눈 맞추기

가만히 눈을 감기만 해도
기도하는 것이다

이문재의 시 [오래된 기도]는 이렇게 시작해요. '말없이 누군가의 이름을 불러주기만' 한 적 있나요? '노을이 질 때 걸음을 멈추기만' 한 적 있나요? '꽃 진 자리에서 지난 봄날을 떠올리기만' 한 적 있나요? 그러기만 해도 그게 바로 기도하는 거래요. '갓난아기와 눈을 맞추기만' 해도, '나는 결코 혼자가 아니라는 사실을 받아들이기만' 해도, 그게 바로 기도하는 거래요. 이윽고 '고개 들어 하늘을 우러르며 / 숨을 천천히 들이 마시기만 해도' 그게 기도하는 것이라며 끝맺는 시예요.

예수님께서 말씀하셨어요.

"가거라. 네 아들은 살아날 것이다."

갈릴래아 카나에 오신 예수님께 한 사람이 찾아와, "주님, 제 아이가 죽기 전에 같이 내려가 주십시오." 하며 카파르나움까지 내려가시어 아들을 고쳐주십사고 청하였대요. 그러자 예수님께서 그에게 이렇게 말씀하신 거예요. 그 사람은 예수님께서 자기에게 이르신 말씀을 믿고 떠나갔고, 그 시각에 그의 아들은 살아났대요.

그 말씀을 믿고 떠나가는 그게 바로 기도하는 것이 아닐까요? 그믐달의 밝고 아름다운 부분만 바라보기보다 '그믐달의 어두운 부분을 바라보기만' 해도, 별똥별의 길고도 아름다운 꼬리만 주시하기보다 '별똥별의 앞쪽을 조금 더 주시하기만' 해도, 그게 바로 기도하는 것이라고 한 시인의 마음처럼, 표징에만 얽매이지 않는 그 안에 바로 생명이 담겨 있다는 뜻이 아닐까요?

립싱크 사랑 고백

고백은 말을 전하는 게 아니라
당신의 간절한 그리움을
사랑하는 사람의 곁에 살포시
내려놓는 것이기 때문입니다.

김현태의 시 [세상에서 가장 완벽한 고백]
이에요. '아무 말도 건네지 못한 채 / 그저 머
리만 긁적이다 끝내는 / 자신의 머리를 쥐어
박으며 돌아왔다'고 해서 속상해 하지 말래요.
'사랑한다고, / 사랑해 미칠 것 같다'고 굳이
말로 안 해도 된대요. 그저 '간절한 그리움을 /
사랑하는 사람의 곁에 살포시 / 내려놓는 것'
만으로 완벽한 고백이래요.

26

예수님께서 말씀하셨지요.
**"하느님의 일은 그분께서 보내신 이를
너희가 믿는 것이다."**

"하느님의 일"은 말로 하는 게 아니다, 생
각만으로 하는 것도 아니고 계명만을 지키는
것도 아니다, 오로지 주님을 믿으며 '당신의
간절한 그리움을' 주님 곁에 '살포시' 내려
놓고 주님을 따르며 "썩어 없어질 양식"이 아
니라 "길이 남아 영원한 생명을 누리게 하는
양식"을 구하는 것이다, 그런 뜻이겠지요.

당신이시여, '사랑, 친절, 인내, 나눔, 희생,
겸손' 같이 듣기만 해도 아름다운 이런 '영적
아름다움'을 따르라 하셨는데, 저도 그러면
좋은지 잘 알고 그렇게 해보려고 애써요. 허
나 "썩어 없어질 양식"도 어쩌지 못하여 구하
고 '동물적 욕망'도 어쩌지 못하여 탐하고 있
어요. 이럴 땐 어떡해야 해요?
저의 사랑 고백도 한낱 립싱크였나요?

마지막, 바로 지금

오늘이 마지막이에요
당신은 언제나
오늘의 사랑을 내일로 미루었지만
내일의 사랑은 찾아오지 않아요.
진실을 말해도 아무도 듣지 않으므로
당신이 두려워 말하지 않았던 진실을
말할 수 있는 기회는 바로 지금이에요

정호승의 시 [마지막을 위하여]예요. 용서
하는 것도, 우리가 만나 밥을 먹는 것도, 함께
커피를 드는 것도, 다 '오늘이 마지막'이래
요. 사랑하는 것도, 두려워하는 것도, 그리고
진실을 말할 수 있는 기회도 '바로 지금'이래
요. '오늘이 마지막'이래요.

예수님께서 당신을 사랑하는 여인들에게
나타나시어 말씀하셨지요.
**"평안하냐?…… 두려워하지 마라.
가서 내 형제들에게 갈릴래아로 가라고
전하여라. 그들은 거기에서
나를 보게 될 것이다."**

예수님께서는 "내 형제들", 배반하고 흩어
진 제자들, 예수님 죽음으로 좌절과 혼란에
빠진 자들, 부활을 의심하는 자들, 그 모든 자
들에게 "전하여라."이르셨네요. 두려워 마라,
가라, 전하여라, 보게 될 것이다. 이렇게 우리
에게 희망을 주시고 사명을 주셨네요. '바로
지금' 해야 할 일들을요. '오늘이 마지막'이
라는 마음으로 해야 할 일들을요.

당신이여, 오늘의 사랑을 미루지 않고 고백
할래요. 받아주시지 않으면 어쩌나 하는 두려
움을 벗어버리고 고백할래요. 그래야 제 마
음 깊은 곳 어둠이 당신의 참 빛으로 가시며
비로소 "평안"해질 수 있을 거예요. 받아주실
거지요?

당신, 하늘에 첫눈 같은 사랑

나의 아흔아홉 잘못을 전부 알고도
한 점 나의 가능성을
그 잘못 위에 놓으시는 이가
나를 가장 사랑하는 이일 테지요
그이가 당신입니다

김용택의 시 [그이가 당신이에요]예요. 날 '가장 사랑하는 이' 누굴까요? '나의 아흔아홉 잘못을 전부 알고' 있으면서도 오로지 '한 점 나의 가능성'을 미쁘게 여기는 이, 그런 이가 날 '가장 사랑하는 이'일 테래요. 세상에나! '그이가 바로 당신'이래요. '나는 그런 당신의 사랑'이고 싶대요.

예수님께서 말씀하셨어요.
**"하늘에서 내려온 이,
곧 사람의 아들 말고는
하늘로 올라간 이가 없다."**

그러니 "너희는 위로부터 태어나", 이
로써 "사람의 아들 안에서 영원한 생명"
을 얻어라 하셨지요.

당신이여, '나의 치부를 가장 많이 알
고' 있으면서도 '나의 가장 부끄럽고도
죄스러운 모습을 통째로 알고' 있으면서
도 오로지 '한 점 나의 가능성'을 미쁘게
여겨주시는 당신이여, '나는 그런 당신의
사랑'이고 싶어요. 당신으로부터 태어나
당신 안에서 영원한 사랑 받고 싶어요. 시
인의 고백처럼 '나는, / 나는 당신의 하늘
에 첫눈 같은 사랑'이고 싶어요.

바람처럼 오실 사랑이신 당신

풀밭에 나뭇가지에
보일 듯 보일 듯
벽공(碧空)에
사과알 하나를 익게 하고
가장자리에
금빛 깃의 새들을 날린다.

    김춘수의 시 [바람]이에요. 무엇이 저 푸른 하늘에 사과 한 알 익게 하나요? 무엇이 금빛 깃의 새를 날게 하나요? 무엇이 풀들이 몸놀림하게 하고, 무엇이 나뭇가지가 소리 내게 하나요? 바로 '바람'이래요.

    예수님께서 말씀하셨지요.
"바람은 불고 싶은 데로 분다.
너는 그 소리를 들어도 어디에서 와
어디로 가는지 모른다.
영에서 태어난 이도 다 이와 같다."

그러니 "육"의 욕망을 좇아 살지 말고 바람 따라 참자유의 삶을 살라 하시네요. 죽음을 이기는 불길 같은 참사랑의 삶, 비둘기 숨결 같은 참생명의 삶, 그렇게 "영"에서 태어난 삶을 살라 하시네요. 그물에 바람을 담을 수 없으니 바람에 그물을 아예 맡기며 살라 하시네요.

당신이여, 바람으로 오시고 머물러 주세요. 벽공에 바람 열매 한 알로 새로 열리고 영글어 가게 해주세요. 어느 시인처럼, '없는 듯 있는 / 저 보이지 않는' 바람처럼 살게요. '숨 쉬는 모든 것들을 위해 / 목 터지도록 기도'하며 살게요. 바람처럼 오실 사랑이신 당신!

바위, 당신뿐이에요

내 죽으면 한 개 바위가 되리라.
아예 애린(愛隣)에 물들지 않고
희로(喜怒)에 움직이지 않고
비와 바람에 깎이는 대로
억 년 비정(非情)의 함묵(緘默)에
안으로 안으로만 채찍질하여
드디어 생명도 망각하고
흐르는 구름
머언 원뢰(遠雷)
꿈꾸어도 노래하지 않고
두 쪽으로 깨뜨려져도
소리하지 않는 바위가 되리라.

　유치환의 시 [바위] 전문이에요. 아예 속된
집착에 물들지도 흔들리지도 않고 자연섭리
에 맡긴 채 묵묵히 '안으로 안으로만 채찍질
하여' 생명조차 초월하고 싶대요. 바위처럼

그렇게요. 꿈도 파멸도 다 초극하여 '소리하지 않는 바위'처럼, 그렇게요.

예수님께서 말씀하셨지요.
"내가 생명의 빵이다.
나에게 오는 사람은
결코 배고프지 않을 것이며,
나를 믿는 사람은
결코 목마르지 않을 것이다."

세속적 갈망을 충족시키려 하지 말고 영적 기갈을 충족시키는 영원한 생명의 빵을 얻으려고 힘쓰라, 그러면 "결코 배고프지 않을 것"이며, "결코 목마르지 않을 것"이라, 그 "생명의 빵"이 바로 주님이시니 주님을 "믿는 사람"이 되라고, 주님을 따르는 사람이 되라고, 그렇게 말씀하신 거지요.

당신이여, 저를 애련에도, 희로에도, 비바람에도, 흐르는 구름에도, 머언 원뢰에도, 꿈꾸어도, 깨뜨려져도, '소리하지 않는 바위'가 되게 해주실 분은 오직 당신뿐이에요. 오직 저의 사랑이신 당신, 당신뿐이에요.

봄

깊은 동굴 속에서
잠만 자던 생명 하나
숨을 고르더니
햇빛 한 줄기 움켜잡고
자리에서 벌떡
일어선다.

　한영규의 시 [창(窓)]이에요. 창을 열
자 '기다리고 있던 / 햇빛이, 바람이 / 달
음박질하듯 / 방안으로 뛰어든다.' 그러
자 '깊은 동굴 속에서 / 잠만 자던 생명 하
나'가 '햇빛 한 줄기 움켜잡고 / 자리에
서 벌떡 / 일어선다.' 아, 시인의 마음속에
'드디어 봄이 왔다'는군요.

요한이 전한 거룩한 복음을 볼까요?
**"진리를 실천하는 이는 빛으로 나아간다.
자기가 한 일이 하느님 안에서
이루어졌음을 드러내려는 것이다."**

하느님께서 세상이 아들의 "참빛"을 통하여, "어둠 속을 걷지 않고 생명의 빛"을 얻고 "빛의 자녀"가 되어 '드디어 봄'을 맞게 하시려는군요.

당신이여, 생명의 빛으로 오시어 '잠만 자던' 죽은 생명을 깨워 주세요. 사랑의 빛으로 오시어 온통 사랑으로 물들게 해주세요. 희망의 빛으로 오시어 깊은 어둠의 절망에서 '벌떡 / 일어'서게 해주세요. 참빛으로 오시어 그 빛줄기만 '움켜잡고' 따르게 해주세요. 당신이여, '드디어 봄이 왔다' 기뻐하게 와 주실 거지요, '달음박질하듯' 와 주실 거지요, 네?

불길

언젠가부터
당신을 향해 타오르는 사랑의 불을
나는 물로 끌 수 있을지 알았습니다.

　김용택의 시 [내가 불입니다]예요. 처음에는 '사랑의 불'을 물로 끌 수 있을지 알았대요. 허나 그 불길이 목울대를 넘나들고, 갈증을 넘어서 버리자 물로 끌 수 없다는 걸 알았대요. 그래도, 그래도, 사랑의 불을 끌 한 방울의 물을 찾아 천지를 헤매고 다녔대요. 이제 어차피 몇 방울의 물로 이 불길 끌 수 없다면 차라리 '아, / 당신을 향해 타오르는 / 이 불길로 내가 다 타'버리겠대요. 헌데, 헌데 '이 영혼을 당신은 아시기나 한지요.' 묻고 싶대요.

바오로 사도께서 말씀하셨지요.
"무엇이 우리를 그리스도의 사랑에서
갈라놓을 수 있겠습니까?
환난입니까? 역경입니까?
박해입니까? 굶주림입니까?
헐벗음입니까? 위험입니까?
칼입니까?" (로마 8,35)

다 아니래요. 그렇다면 그 어느 것도 사랑의 불을 끌 수 없는 까닭이 무얼까요? "우리를 사랑해 주신 분의 도움"의 힘 때문이래요.

당신이여, 물로 끌 수 없는 사랑의 불꽃! 환난도, 역경도, 박해도, 굶주림도, 헐벗음도, 위험도, 칼도 끌 수 없는 사랑의 불꽃! 끄려 할수록 더욱 타오르는 사랑의 불꽃! 이토록 끌 수 없음의 까닭이 당신이 주신 사랑의 도움 때문이라 하셨으니, 당신의 사랑을 기름처럼 자꾸 부어주시어 더 활활 타오르게 해주실래요?
저의 사랑이신 당신이여!

빛, 햇살로 오실 당신

유리창의 크기만큼
조각난 햇살 하나가
틈을 비집고 들어선 것은
바로 그때이다
식탁 위 온몸에 가시를 뒤집어 쓴
어린 선인장 화분 위에
슬며시 발을 딛는 빛
가시의 고통이 발끝에서 전신을 타고
샘물처럼 솟아나기 시작한다.
흥건히 강을 이루는 핏빛

지연희 시인의 [식탁 위에는]이에요. 이 일
상에서 탈출하자, 헌데 발길이 왜 안 떼어지
지, 어쩌지? 하는 바로 그때 '햇살 하나가'
들어서더니 일상의 삶이 고착되어 있는 '식

탁' 위, '가시를 뒤집어 쓴' 위에 발을 딛자, 그 순간 '가시의 고통'이 내 안에서 '샘물처럼 솟아나' 흥건히 강을 이룬대요. '핏빛'의 강을요.

예수님께서 말씀하셨어요.
"성령을 받아라."

부활하신 예수님께서, 제자들이 두려워 잠가 놓은 문을 '햇살 하나가 / 틈을 비집고' 들어서듯 들어오시어 "평화가 너희와 함께!" 인사하시고는 제자들에게 숨을 불어넣으며 이렇게 말씀하신 거예요. 이때 토마스는 고백하지요. "저의 주님, 저의 하느님!"

아, 당신이여. '가시를 뒤집어 쓴' 햇살로 오실 당신이시여! 오시어 저에게 숨을 불어넣어주시면 저는 그만 '흥건히 강을 이루는 핏빛'에 오열할 거예요. 님의 "달디 단 말씀들이 / 환하게, 환하게 영역을 넓히고 있다" 고백할 거예요. 사랑하는 "저의 님, 저의 님!"

제2부

아픈 데서 피지 않는
꽃이 어디 있으랴

아픈 데서 피지 않는
꽃이 어디 있으랴

아픈 데서 피지 않는 꽃이 어디 있으랴
슬픔은 손끝에 닿지만
고통은 천천히 꽃처럼 피어난다.

김용택의 시 [사람들은 왜 모를까]예요. 시
인은 '누가 알랴 사람마다 / 누구도 닿지 않
은 고독이 있다는 것을', 그러나 그 고독과
그 아픔과 그 고통과 그 손끝에 닿는 슬픔에
서 꽃이 피어날 거라고, 영원히 이뤄지지 않
을 것 같은 것들이 다 꽃으로 피어날 거라고,
꽃은 다 그렇게 피어나는 거라고 노래해요.

예수님께서 말씀하셨어요

"일어나 네 들것을 들고 걸어가거라."

벳자타 못에서 서른여덟 해나 앓는데
도 "물이 출렁거릴 때에 저를 못 속에 넣
어 줄 사람이 없습니다." 이렇게 애절하
게 호소하는 사람에게 예수님께서 하신
말씀이 "일어나라(egeire; 에게이레)"예
요. 이 한 말씀에 그 사람은 "곧 건강하게
되어 자기 들것을 들고 걸어갔다."고 하지
요. "서른여덟 해나 앓는" 고통 중에도 벳
자타 못에 언젠가는 몸을 담글 날 오리라
는 확신과 희망을 잃지 않고 인고해 낸 그
사람은 비로소 생명의 말씀을 만나 꽃으
로 피어났대요.

당신이여, 저도 '손에 닿지 않는' 그리
움이 꽃으로 피어날 것이라는 확신과 간
절한 소망, 뜨거운 소망, 애끓는 소망을 지
녀도 되겠지요, 네?

새 생명의 비밀

닫힌 내 마음의 돌문을 열며
꽃바람 해바람으로 오신 당신
당신으로 하여
별이 왜 반짝이는지
꽃이 왜 꽃으로 피어나는지
세상에 가득한 그런 가만가만한
비밀들을 알게 되었어요.

김용택의 시 [세상의 비밀들을 알았어요]
예요. '꽃바람 해바람으로 오신' 당신, 당신이
오심으로써 별이 반짝이고 꽃이 꽃으로 피어
나는 '그런 가만가만한 / 비밀들을 알게 되었
어요.' 당신이 '닫힌 내 마음의 돌문'을 열어
주시었기 때문이지요.

부활하신 예수님께서 제자들에게 하신 첫 말씀이 이랬었지요.

"평화가 너희와 함께!"

배신하고 도망치고, 붙잡혀 죽임을 당할까 두려워하고, 부활하셨다는 말조차 의혹하고, 부활하신 당신을 보고도 유령인가 무서워하는데도 어쩜 안녕하라고, 잔잔한 고요함과 따사한 정다움 가운데 온전하며 영원한 행복을 누리라고, 세상이 주는 것과 같지 아니한 평화의 은총을 주시겠다고 말씀하실 수 있을까요! 그리고 당신께서는 "성경에 기록된 대로" 말씀해 주심으로써 제자들의 닫힌 돌문을 열어주시어 당신의 표양이 되게 해주시고 증인이 되게 해주시었지요.

당신이시여, 돌아서려고 도망치려고 해도 시인의 말처럼 '아, 내 가는 길목마다 / 훤하게 깔린 당신', 당신께서 '닫힌 내 마음의 돌문'을 열어주셨으니 당신 닮아 살게 해주세요. '꽃바람 해바람으로 오신 당신'이여, 저는 당신께로부터 새로 태어난 생명이고 싶어요.

어머니,
다른 사람들 때문에
우시는 어머니

어머니는
어머니 때문에 울지 않고
다른 사람들 때문에 웁니다.

서정홍의 동시 [어머니]예요. 예수님
께서 수난 받으시고 십자가에 달리셨을
때 성모님께서는 얼마나 슬프셨을까요?
얼마나 고통스러우셨을까요? 심장을 칼
로 찌르듯 비통하셨겠지요? 성모님께서
는 아들을 위해 우셨지요. 눈물을 흘리셨
지요. 예수님 죽음으로 제자들이 혼란스
러워하고 두려워하고 절망스러워할 때 성
모님께서 눈물로 그들을 지탱해주셨지요.

성모님께서는 '어머니 때문에 울지 않고' 늘 '다른 사람들 때문에' 우시는 어머니 이시지요.

예수님께서 십자가에서 숨을 거두시기 전에 요한 사도에게 성모님을 맡기시며 말씀하셨지요.
"이 분이 네 어머니시다."

저희의 어머니이신 성모님, 늘 '다른 사람들 때문에' 우시는 어머니, 저의 죄를 위하여 전구해주세요. "누구를 찾느냐?" 부활하신 예수님 말씀 마음에 새기며 허상을 찾아 헤매지 말고 새 생명으로 태어날 부활의 아침을 맞게 해주세요. 예수님 달리신 십자가 곁에 서 계시며 비통하게 우시던 성모님, 저희 죽을 때에도 저희 곁에 서 계시며 "저희를 위하여 빌어주소서."

연륜

새벽꿈이나 달그림자처럼
젊음과 보람이 멀리 간 뒤
…… 나는 자라서 늙었다.

　박목월의 시 [그것은 연륜이다] 중의
한 시구예요. 젊음도 새벽꿈처럼 허망하
게 사라지고 보람도 달그림자처럼 덧없
이 스러지건만 그런 중에 자라고, 그런
중에 늙어가며 선명히 감겨가는 '핏빛
연륜'은 차라리 '애달픈 연륜'이라는 시
예요.

　예수님께서는 말씀하셨어요.
"그들은 말만 하고 실행하지 않는다."

당신이여, 자연의 어려움을 겪는 나무
일수록 나이테가 촘촘해지듯 간난의 고통
을 견뎌낼수록 사람 안에도 나이테가 깊
게 감긴다 하지요? 이런 나이테일수록 고
귀한 연륜이요, 참된 삶의 훈장 같은 것이
겠지요. 제 안에도 '질(質) 고운 나무에 가
느른 가느른 나이테'가 감기듯 세월이 흘
러도 잊을 수 없는 사랑의 '애달픈 연륜'
이 깊게 감기고, 이 생명 다 한 후에도 빛
바래지 않는 '핏빛 연륜'이 깊게 감기는
삶이었으면 좋겠어요.

연정을 달빛에 실어

달이 떴다고 전화를 주시다니요
이 밤 너무나 신나고 근사해요
내 마음에도 생전 처음 보는
환한 달이 떠오르고
산 아래 작은 마을이 그려집니다.

김용택의 시 [달이 떴다고 전화를 주시다니요]예요. 세상에나! '달이 떴다'는 말 전해들은 이의 마음은 어떨까요? 너무 신나 한없이 마음 들뜨고 너무 근사하다며 들썽거리지 않을까요? 생애 전혀 보지 못한 달 보듯 저 달이 유난히 '환한 달'로 보여 간절한 이 그리움들을, 사무쳐 오는 연정들을 '달빛에 실어' 당신께 보내며 가슴이 뜨겁게 뛰지 않을까요?

'산 아래 작은 마을'에 앉아 달 우러러보는 당신 마음이 하도 고와, '강변에 달빛'처럼 너무 고와, 이 맘 쿵 내려앉는 순간 '흐르는 물 어디쯤 눈부시게 부서지는 소리'마저 들린다고 고백하지 않을까요?

엠마오 가는 황혼 길에서 부활하신 예수님께서 나타나시어 두 제자에게 말씀해 주실 때, 그들은 말했지요. **"우리 마음이 타오르지 않았던가!"**

허나 그들은 예수님께서 빵을 떼어주실 때에야 비로소 예수님을 알아보았고, 간절한 그리움과 사무치는 연정들로 가슴 벅차올라 밤도 깊은 야밤에 "곧바로" 일어나 멀고 먼 예루살렘까지 돌아가 이 일을 말하였다지요. '너무나 신나고 근사해' 증언했다지요. 그 밤도 '생전 처음 보는 / 환한 달'이 떠있었을 거 같지 않아요?

애계(崖鷄)

그대는 신의 창작집 속에서
가장 아름답게 빛나는 불멸의 소곡
또한 나의 작은 애인이니
아아 내사랑 수선화야

　김동명의 시 [수선화]예요. '나의 작은
애인'인 수선화는 거룩한 신이 빚은 창작
이래요. 거룩한 신이 아니고서는 어찌 이
토록 '가장 아름답게 빛나는 불멸의 소
곡'을 빚어낼 수 있겠어요! '찬바람에 쓸
쓸히 웃는 적막한 얼굴'의 꽃 수선화, 그
래서 시인은 더할 수 없는 탄사를 바쳐요.
'아아 내 사랑 수선화야'라고.

성경의 말씀이에요.
**"나 이제 내 양떼를 찾아서
보살펴 주겠다." (에제 34,11)**

애계(崖鷄)라는 새는 "제 깃을 너무 사
랑한 나머지 온종일 물에 비춰 보다가 눈
이 어찔해져서 빠져 죽기까지 한다는 새"
래요. 스스로를 향한 탐애가 지나쳐 죽어
수선화가 되었다는 나르키소스를 생각나
게 해주는 새에요.

당신이여, 애계 같은 자아집착으로부터
헤어나 제 생애에 맡겨진 "양떼를 찾아서
보살펴"주는 사랑의 길로 이끌어 주세요.
너르고 고른 사랑, 내 남 없는 두루 사랑,
아낌없이 선뜻 주는 사랑, 도타우며 자비
로운 사랑을 통해 당신께 한 말씀 듣게 해
주세요.

'아아 내 사랑'이라는.

청라언덕 위에 백합 필 적에

빼어난 가는 잎새 굳은 듯 보드랍고
자줏빛 굵은 대공 하얀한 꽃이 벌고
이슬은 구슬이 되어 마디마디 달렸다.

가람 이병기의 연작시조 [난초 4]예요.
'미진(微塵)도 가까이' 않고 오로지 '우로
(雨露) 받아 사느니라' 마디마디 '이슬은
구슬이 되어' 달린 난초의 그 고결하고도 청
아한 모습, '빼어난 가는 잎새'가 놀랍게도
'굳은 듯 보드랍'다는 그 유연하고도 초월적
사랑을 품은 모습, 그 모습과 그 향기를 닮은
참된 지조의 삶을 그리는 작가의 고아한 품
격이 우러러 뵈는 글이에요.

예수님께서 베드로에게 말씀하셨다지요.
"너는 닭이 울기 전에 세 번이나 나를 모른다고 할 것이다."

과연 베드로는 그 말씀대로 배반하고 비로소 통곡하지요. 예수님께서는 당신을 배반할 유다에게 빵을 적셔서 주셨듯이 베드로도 사랑으로 감싸주시지요. '굳은 듯 보드랍'고 무변(無邊)의 시공에 가득 향을 채우는 '하얀 꽃' 같은 사랑이지요. 그리고는 유다도 베드로도 그리고 우리도 다 "너희는 나의 친구"라 하시며 가장 큰 사랑으로 죽음을 받아들이신 거지요.

당신이여, 고결하고도 청아한 당신이시여, 비록 쇠마저 자를 기개가 내 안에 모자란다 하여도 "나의 친구"라 하시며 날 받아주실 수 없나요? 백합 같은 나의 당신이여, '봄의 교향악이 울려 퍼지는 청라언덕 위에 백합 필 적에 나는 흰나리꽃 향내 맡으며' 당신을 위해 노래 부르게 해주세요. 사랑의 노래 부르게 해주세요. '내 동무'여.

짐승

온 세계는
엉겅퀴로 마른 땅,
땀을 뿌려도 받지 않고
꽃봉오리도
머리를 들다
머리를 들다
타는 혀끝으로 잠기고 만다!

　　김현승의 시 [흙 한 줌 이슬 한 방울]은, 온
세계는 '황금으로 굳고 무쇠로 녹슨 땅', '엉
겅퀴로 마른 땅'이래요. '봄비가 내려도 스며
들지 않고', '땀을 뿌려도 받지 않고', '씨앗
을 뿌릴 곳' 없고, 꽃봉오리도 '타는 혀끝으
로 잠기고' 마는 땅이래요. 그래서 절규하지
요. '흙 한 줌', '이슬 한 방울', '꽃 한 송이'
를 '어디 가서 구할까' 하고요.

예수님께서는 말씀하셨지요.
"땅에서 난 사람은 땅에 속하고
땅에 속한 것을 말하는데,
하느님께서 보내신 분께서는
하느님의 말씀을 하신다."

땅에 속하지 말라, '녹슨 땅', '마른 땅'에
매이지 말라. 한 줌의 흙, 한 방울의 이슬, 한
송이의 꽃을 '어디 가서 구할까' 방황하지
말라. 오로지 "하느님께서 보내신 분"께 구
하라 하셨지요.

당신이여, 제 안에 짐승이 살고 있어요. 땅
에서 황금을 캐고, 땅에서 으르렁거리고, 땅
에서 쾌락의 씨를 거두며 살고 있어요. 당신
모습 닮고 당신 뜻 따르려 아무리 애써도 제
안의 짐승 제 스스로 어찌하지 못한 채 오늘
도 엉겅퀴 덤불에서 무화과 열매를 찾고 있
어요. 당신이여, 어떡하면 이 짐승을 쫓아낼
수 있을지 가르쳐 주실래요?

천국은 오직 하나

당신의 마음 한 모퉁이에
나의 자리가 마련되어 있다면

나 그것만으로도
황홀한 은총을 누리는 것을,

그것 말고 달리
내가 꿈꾸는 천국은 없습니다.

정연복의 시 [그대 안의 천국]이에요. '당
신의 마음 한 모퉁이', 그저 한 모퉁이일망정
그곳에 '나의 자리'를 마련해줄 수 없나요?
그것만으로도 '황홀한 은총'일 터이래요. 살
아서나 흙이 되어서나 '내가 꿈꾸는 천국'은
'오직 하나 / 당신의 마음속뿐'이래요.

예수님께서는 당신을 따라 티베리아스 호수 건너편으로 몰려온 많은 군중에게 먹을 것을 주려고 제자들에게 일렀다지요.
"사람들을 자리 잡게 하여라."

군중이 당신 곁 풀밭에 앉자 오병이어만으로 사람들이 "원하는 대로 주셨다"지요. 그러고도 남은 것이 "열두 광주리가 가득 찼다" 하지요.

당신이여, 저를 당신 곁 아늑한 풀밭, 순수한 생명의 풀밭, 그 '한 모퉁이'에나마 앉혀 주세요. 영원히 머물 곳 '오직 하나 / 당신의 마음속뿐'임을 당신이 정녕 모르시지 않는다면 당신 곁에 저를 앉혀 주세요, 네? 원하는 대로 다 주시고도 열두 광주리가 가득 차게 주시는 '황홀한 은총'에, '풍요로운 사랑'에 포도나무 가지처럼 붙어 있게 저를 내치지 말아주세요. '그것 말고 달리 / 내가 꿈꾸는 천국은 없습니다.'는 저의 사랑을 당신이 정녕 모르시지 않는다면 저를 내치지 말아주세요, 네?

팽이 같은 사랑

이게,
선 줄 알면
다시 쓰러지는 이게
제 사랑입니다 하나님

최문자의 시 [팽이]예요. 죄 중의 죄는 어떤 죄일까요? 거듭 짓는 죄가 아닐까요? 죄가 많으니 '얼음판 위에 휙 내던지고', 그래도 괜찮아요. '심장을 퍽퍽 갈기'고, 그래도 괜찮아요. 그토록 통회하고 또 통회하면서도 또다시 거듭 짓는 죄야말로 죄 중의 죄가 아닐까요? 그러나 어쩌겠어요? '선 줄 알면 / 다시 쓰러지는 이게 / 제 사랑'인 걸, 어쩌겠어요?

예수님께서는 말씀하셨지요.
"불행하여라, 사람의 아들을 팔아넘기는 그 사람!"

배신당하면, 더구나 내가 믿고 내가 사랑하던 사람에게 배신당하면 그 상처는 더 크고 더 깊겠지요. 더구나 면전에서 비열하게도 "저는 아니겠지요?"까지 하면서 배신한다면 치가 떨리겠지요. 헌데 예수님께서는 "불행하여라" 그렇게만 말씀하셨어요.

당신이여, 죄 중의 죄, 거듭 짓는 죄, 배신의 죄를 짓지 않게 해주시고 죄를 지을 때마다 "불행"하구나 불쌍히 여겨주세요. 대신 사랑도 죄 중의 죄라면 당신께 사랑의 죄를 거듭 짓게 해주세요. 쓰러진 줄 알면 다시 일어나는 이게 제 사랑입니다, 이렇게 고백해도 받아주실 거지요?

포옹무한(抱擁無限)

우리가 정작 사랑하려면
모든 살아있는 것들을 사랑하려면
마음에 쓴 모자를 벗고
편하게 안길 일이다
서로 안아줄 일이다.

서지월의 시 [포옹무한]이에요. 시인은
또 다른 시 [우리가 정작으로 사랑하려면]
에서는 '우리가 정작으로 사랑하려면 / 개
울바닥에서도 옷 다 벗고 누워 / 밤하늘의
별을 오래 바라볼 일이다' 하였어요. 시인
은 '마음에 쓴 모자를 벗고' 또 '옷 다 벗
고' 밤하늘의 별을 바라보며 우주 안에 머
무르며 안기고 또 안아주라고 했어요. 그
래야 비로소 '모든 살아있는 것들을 사랑'
할 수 있다고 했어요.

예수님께서 "내 말 안에 머무르면" 모든 것들을 사랑할 수 있는 "진리를 깨닫게 될 것"이라 하시면서 이렇게 말씀하셨지요.

"진리가 너희를 자유롭게 할 것이다"

어떻게 '마음에 쓴 모자를 벗고', 어떻게 '옷 다 벗고', 어떻게 악습과 죄로부터 벗어날 수 있을까요? 당신의 말 안에 머무를 때에야 진리를 깨닫게 되고, 진리를 깨닫게 되어야 자유롭게 되어 모든 것으로부터 벗어날 수 있다는 말씀이겠지요?

당신이여, '항상 보다 더 나은(Ever to Excel)' 세상을 위해 저를 써주세요. 당신 품을 떠나서는 제가 저를 스스로 추스르지도 못하니 당신 품에 안아주시며 머물게 해주시며 힘을 주시며 써주세요. 그리하여 비로소 '모든 살아있는 것들을 사랑'할 수 있게 해주세요.

한 사람,
보이지 않는 꽃처럼 웃고 있는

어딘가 내가 모르는 곳에
보이지 않는 꽃처럼 웃고 있는
너 한 사람으로 하여 세상은
다시 한 번 눈부신 아침이 되고

나태주의 [멀리서 빈다]는 시는 이렇게
시작하여 이렇게 이어져요. '어딘가 네가
모르는 곳에 / 보이지 않는 풀잎처럼 숨
쉬고 있는 / 나 한 사람으로 하여 세상은 /
다시 한 번 고요한 저녁이 온다.'고요.

예수님께서 말씀하셨어요.
**"스스로 계명을 지키고
또 그렇게 가르치는 이는
큰사람이라고 불릴 것이다."**

당신이여, 어떻게 살아야 눈부신 아침
을 맞고 고요한 저녁을 맞으며, 그렇게 일
상적인 행복한 삶으로 살 수 있을까요?
멀리서나마 '보이지 않는 꽃처럼', '보이
지 않는 풀잎처럼', 그렇게 드러내지 않는
사랑으로 서로 '웃고', 서로 '숨 쉬고', 그
냥 그렇게 하는 것이 '눈부신' 행복이 아
닐까요? 잠심(潛心)의 고요함에서 얻어
지는 행복이 아닐까요? 아, '너 한 사람
으로 하여', '나 한사람으로 하여' 우리가
서로 행복해질 수 있다면 너와 나는 "큰사
람"이라 불려지지 않을까요?

해동갑

화안한 꽃밭 같네 창.
눈이 부시어,
저것은 꽃핀 것가 꽃진 것가 여겼더니,
피는 것 지는 것을 같이한
그러한 꽃밭의 저것은 저승살이가
아닌 것가 창.
실로 언잖달 것가 기쁘달 것가.

　　박재삼의 시 [봄 바다에서]는 이렇게 시작해요. 꽃밭은, 수억
만 개의 가루로 쏟아져 내리는 햇빛으로 반짝이는 물비늘이 꽃
핀 듯 꽃 진 듯, 아니 피고 지는 것 같이 하는 듯 '화안한' 봄 바
다예요. 그래서 여인의 혼이 치맛자락 주름처럼 밀려와 스스로
잦아드는 봄 바다의 그 설레는 물결에, 시인은 '치마 안자락으로
코 훔쳐 주던 때의 머언 향내 속으로 살달아 마음달아 젖는단 것
가.'라고 했어요.

예수님께서 이르셨다지요.
"이 여자를 그냥 놔두어라.
그리하여 내 장례 날을 위하여 이 기름을 간직하게 하여라."

마리아는 우는 자신의 코를 훔쳐 주시던 주님의 사랑의 향내에 빠져 예수님의 발에 나르드 향유를 붓고 자기 머리카락으로 그 발을 닦아 드린 거겠지요. 나르드 향유가 값비싸고 귀한 것이 아니라 마리아의 그 사랑이 가장 값지고 가장 귀한 것이 아닐까요?

당신이여, 나르드 향유는 없어도 환장하게 살이 달아오르고 마음이 달아오르는 이 사랑을 드릴게요. 아! 시인이 꽃밭 같은 봄 바다에 '돛단배 두엇, 해동갑하여 그 참 흰 나비 같네.'라고 했듯이, '화아한 꽃밭' 같은 당신이여, 저도 이 삶 다하도록 당신과 해동갑하며 꽃밭을 함께 나는 흰 나비 되고 싶어요.

홀딱벗고 새

이상하네 이상하네
그놈의 새가 홀딱 벗고 하고 울면
겹으로겹으로 옷을 입은 만큼이나
상줄 같은 굵은 무엇으로 마음을
칭칭 동여놓고 벗지 못해서
마음이 막 두근두근거려져.

법장스님의 시 [홀딱벗고 새의 전설]이에
요. '누구에게 무담시 홀딱 벗으랴느냐' 그 까
닭 도통 알 수 없지만, '홀딱벗고 홀딱벗고'
그렇게 우는 검은등뻐꾸기 울음소리 들릴 적
마다 괜스레 '마음이 막 두근두근' 대니 '이
상'하대요.

예수님께서는 "주님께서 나에게 기름을 부어 주시니 주님의 영이 내 위에 내리셨다." 하신 후 이렇게 말씀하셨대요.

**"오늘 이 성경 말씀이
너희가 듣는 가운데에서 이루어졌다."**

은혜로운 해를, 메시아의 시대를, 당신이 곧 하느님의 영원한 '오늘'이심을 선포하신 거지요.

당신이여, 아상(我相)도 몽환(夢幻)도 망집(妄執)도 홀딱 벗고, 애욕(愛欲)도 진에(瞋恚)도 우치(愚癡)도 홀딱 벗고, 그렇게 하라고 홀딱벗고새는 '울며울며 재촉'하는데, 저는 끝내 '삼줄 같은 굵은 무엇으로' 칭칭 동여 놓은 마음은 벗지 못하니 어쩌지요? 혼자서는 벗지 못하고 '어쨰사 쓸까' 갈팡댈 뿐이니 영원한 '오늘'이신 저의 당신이여, 저를 홀딱 벗겨주세요. 벗긴 영혼에 기름 부어주시고 구원의 옷을 입혀주세요. 의로움의 겉옷을 둘러주세요. 그렇게 해주실래요?

후조(候鳥)

옛날 그 옛날에
이러한 사람이 있었더니라
애뜯는 한 마음이 있었더니라
이렇게 죄 없는 얘기거리라도 될까

김남조의 시 [후조]예요. 당신을 나의
누구라고 말할까요? 나를 누구라고 당신
은 말하겠어요? 당신을 누구라고, 나를
누구라고, 차마 말하지 못하는 이 '애뜯
는 한 마음'을 뭐라 할까요? 크나큰 죄라
할까요? '눈 멀 듯 보고 지운 마음', 허나
끝내 어쩌지 못하는 이 마음을 뭐라 할까
요? '후조(候鳥)'라고나 할까요? '그리
움의 / 벌'일지언정 언젠가 '죄 없는 얘깃
거리'라 불리어질까요? '어여쁘디 어여
쁜' 후조라 불리어질까요?

부활하신 예수님께서 무덤가에 앉아 우는 여인에게 정다운 이름 "마리아야!" 하고 부르셨지요. 그러자 마리아는 오로지 이 한마디밖에 못했지요.

"라뿌니!(스승님!)"

당신이여, 꿈에서나마 오시면 꿈만 같아 당신을 알아보지 못해도 제 이름 정답게 불러주시지 않으실래요? "붙들지 마라" 하시며 떠나신다 해도 날개 접은 '어여쁘디 어여쁜 후조'처럼 저는 "님을 뵈었습니다." 그렇게 울음 터뜨리며 꿈속에 언제까지나 머물러 있을 거예요. 아, '애뜯는 한 마음이 있었더니라' 그렇게 당신께서 제 마음 정녕 알아주실 수는 없으신가요?

제3부

나는 당신의 꽃

가장 참된 양식,
가장 참된 음료

동백꽃은 동박새에게만
꿀을 줍니다.

나도 그 사람에게만
그리움을 줍니다.

임병호의 시 [동백꽃을 위한 꿈] 전문이
에요.

예수님께서 카파르나움 회당에서 가르치실 때에 이런 말씀을 하셨어요.

**"내 살은 참된 양식이고
내 피는 참된 음료다."**

가장 참된 양식이요 가장 참된 음료이신 "나"를 먹고 마심으로써 "나" 안에 머무르면 "나"도 네 안에 머물 것이니 너는 "나로 말미암아 살 것"이다, "영원한 생명을 얻을 것"이다, 이런 말씀이시지요.

당신이여, 때로 쓰잘머리 없는 것에 배고파하고 때로 허접스런 것에 목말라하기도 하지만, 내가 진정 무엇을 배고파하는지, 진정 무엇을 목말라하는지 당신은 아시지요? 내 마음 동박새처럼 당신 사랑에만 배고파하고 목말라한다는 걸, 오로지 당신에게만 그리움 드리고파 한다는 걸 손톱만큼은 알고 계시지요? 그러니 당신 꽃술에 부리 깊게 박고 당신 살과 피를 한껏 빨게 해주세요. 당신의 동백꽃 품 안에서 한 마리 동박새로 살고 싶어요.

골담초 피는 골

돌담 가에 골담초
조롱조롱 피던 봄
나비 같은 그 꽃은 우리의 밥상
사금파리 꽃 밥을
너 한 그릇 나 한 그릇
그날의 꽃 밥상에 마주 앉은 사람아

성윤자의 시 [골담초 피는 골]이에요. 골담
초꽃 따 소꿉장난 밥상 차려 '그날의 꽃 밥상
에 마주 앉은 사람', 지금도 만나면 '날 알아
볼까' 싶지만, 내가 지금 그렇듯 너 또한 지
금 '먼 길 위에서 / 골담초 피던 골로 달려'
가고 있을 거 같대요.

예수님께서 말씀하셨지요.

**"나는 하늘에서 내려온 살아 있는 빵이다.
누구든지 이 빵을 먹으면 영원히 살 것이다.
내가 줄 빵은 세상에 생명을 주는
나의 살이다."**

소꿉장난하다가 날이 저물면 엄마에게 달려가 허기 채우듯 이제는 "살아 있는 빵", "생명의 빵"인 나에게 어서 오너라, 와서 진정 배고픔 없고 진정 목마름 없이 "영원히 살" 소꿉장난을 함께 하자꾸나, 이런 말씀 아닐까요?

당신이여, 돌로써 만든 빵 같은 세상의 것들로 차린 사람살이 밥상이 아니라 "살아 있는 빵", "생명의 빵"으로 차린 참살이 밥상에 당신과 마주 앉아 '너 한 그릇 나 한 그릇' 먹으며 소꿉장난하듯 살고 싶어요. '골담초 피던 골로 달려'가서 여보! 당신! 하며 소꿉장난하던 아이처럼, 나 당신께 달려가 꽃 밥상에 마주 앉아 소꿉장난하며 살고 싶어요. 함께 놀아주실 거지요?

그리스도 폴의 강

내가 이 강에다
종이배처럼 띄워 보내는
이 그리움과 영원은
그 어디서고 만날 것이다.
그 어느 때고 이뤄질 것이다.

구상 시인의 [그리스도 폴의 강] 연작
시 중 하나예요. 믿음의 강에 띄워 보내
는 '이 그리움과 영원은' 결코 헛되지 않
을 거래요. '그 어디서고 만날 것'이래요.
'그 어느 때고 이루어질 것'이래요. '우리
눈에 놀랍기만' 한 일이 일어날 것이래요.

예수님께서 말씀하셨어요.
"너희는 성경에서 이 말씀을
읽어 본 적이 없느냐?
······ 이는 주님께서 이루신 일,
우리 눈에 놀랍기만 하네."

당신이여, 당신께서 당신을 향한 저의
그리움과 염원을 알아나 주실지 당신의
신령한 속내를 어찌 어림이라도 하겠어
요! 허나 저는 오늘도 이 그리움을, 이 염
원을, 당신께로부터 와서 당신께로 흐르
는 강물에 띄워 보내며 저는 믿어요. 어디
서고, 어느 때고, 꼭 만나리라고, 꼭 이루
어지리라고요. 제 눈에 "놀랍기만"한 일
이 일어나리라고요.

나는 당신의 꽃

정말 몰랐습니다.
처음이에요.
당신에게 나는
이 세상 처음으로
한 송이 꽃입니다.

　　김용택의 시 [나는 당신의 꽃]이에요.
나는 내 안에 꽃이 있는 줄 몰랐대요. '정
말' 몰랐대요. 그저 그렇고 그런 하찮은
존재이려니 여겨왔대요. 헌데 어느 날 '내
안에 / 이렇게 눈이 부시게 / 고운 꽃이 있
었다는 것'을 알게 되었대요. '처음'이래
요. 당신의 사랑 안에서 '한 송이 꽃'이 되
었대요. '이 세상 처음'이래요.

루카복음은 이렇게 기록하고 있어요. **"예수님께서 성령의 힘을 지니고 갈릴래아로 돌아가시니, 그분의 소문이 그 주변 모든 지방에 퍼졌다."**

가장 하찮은 갈릴래아에서부터 예수님의 복음이 시작되어 널리 퍼지게 되었다는 거예요.

당신이여, 아! 당신, 당신이 있음으로 해서 비로소 내 안에 '눈이 부시게 / 고운 꽃'이 있다는 걸 알게 되다니요! 아! 당신, 당신이 있음으로 해서 비로소 내가 나름대로 존귀한 존재임을 '이 세상 처음으로' 알게 되다니요! 가장 하찮은 곳, 제 안까지 내려와 저의 사랑이 되어주신 당신이시여! 당신께 저의 이 사랑의 기적을 간증해도 될까요?

내 몸속에 잠든 당신이여

그대가 피어 그대 몸속으로
꽃벌 한 마리 날아든 것인데
왜 내가 이다지도 아득한지
왜 내 몸이 이리도 뜨거운지

김선우의 시 [내 몸속에 잠든 이 누구신가]예요. 참 이상하대요. 꽃줄기 밀어 올린 건 그대 아닌가요? 그 꽃줄기 끝에 꽃 피어낸 것도 그대 아닌가요? 헌대 '왜 내가 이다지도 떨리는지' 모르겠대요. 그 꽃 속으로 꽃벌 한 마리 날아들었는데 '왜 내가 이다지도 아득한지 / 왜 내 몸이 이리도 뜨거운지' 모르겠대요. '그대가 꽃피는 것이 / 처음부터 내 일이었다는 듯이' 그러는 내 마음 나도 모르겠대요.

예수님께서 열두 제자에게, "너희도 떠나고 싶으냐?" 하고 물으시자 시몬 베드로가 예수님께 이렇게 대답하셨대요.

"주님, 저희가 누구에게 가겠습니까? 주님께는 영원한 생명의 말씀이 있습니다."

예수님께서는 아무 쓸모가 없는 육이 아니라 생명인 영을 주시는 분이시니 어찌 떠날 수 있겠느냐는 신앙고백이에요. 사랑고백이에요.

당신이여, 당신이 세속적인 건 다 벗어버리라 하시면 내 몸 텅 비울 테니 오시어 내 몸속에 잠드세요. 생각만 해도 왜 '이다지도 떨리는지'요? 왜 '이다지도 아득한지'요? 왜 '이리도 뜨거운지'요? 아! 내 몸속에 잠든 당신이여, 나 결코 당신 곁을 떠나지 않을 거예요. 결코!

늑대 잡는 법

에스키모인들이 늑대 잡는 법 :
피 묻은 칼날 위에 얼음을 얼려 세워
둔다. 피 냄새를 맡은 늑대들이 얼음
을 핥아낸다. 이내 날카로운 칼날이
드러나지만 이미 감각이 둔해진 혀는
핥는 일을 멈추지 않는다. 결국 칼날
에선 자신의 피가 흐르고, 피의 향에
길들은 그들은 멈추지 않는다고 한
다. 자신의 피인 줄도 모르고 끝장을
볼 때까지 핥다가 너덜너덜 찢어진
혀를 빼어 문 채 눈밭을 붉게 물들이
며 늑대는 죽어간다.

  이시훈의 시 [늑대 잡는 법]이에요. 시
인은 이 시를 '죄짓는 일은 언제나 감미로

워 목숨을 걸 만큼이다.' 하면서 '내 안에 늑대가 있다.'고 마무리해요.

예수님께서 간음한 여인을 끌고 온 무리들에게 말씀하셨어요.
"너희 가운데 죄 없는 자가 먼저 저 여자에게 돌을 던져라."

당신이여, 저는 간음의 감미로움에 시도 때도 없이 목숨을 걸어요. 그런데도 저는 다른 이를 심판하려 들고, 단죄하려 들고, 돌을 던지려 들어요. 제 안에 늑대가 있어요. 늑대가 우글대고 있어요. 저 역시 '자신의 피인 줄도 모르고 끝장을 볼 때까지 핥다가' 죽어가는 걸까요? 제가 저를 향해 돌을 던지면 이 늑대를 쫓아낼 수 있을까요?

당신을 알게 되어 행복합니다

나의 삶에 지치고 힘들 때 언제든지
찾아가 엉켜진 모든 짐을
내려놓을 수 있는
당신을 알게 되어 행복합니다.

　나태주의 시 [당신을 알고부터 시작된 행복]은 이렇게 시작해요. 당신을 사랑해도 되나요, 이렇게 묻지 않겠대요. 왜냐고요? '나보다 훨씬 먼저 / 당신이 나를 사랑했기 때문이죠.' 이토록 '훨씬 먼저' 나를 사랑하신 당신을 어찌 내가 사랑하지 않을 수 있겠냐는 거예요. 그리고 시인은 세상 끝이 어디쯤일까 궁금해 하지도 않겠대요. 왜냐고요? '당신과 함께 가는 길은 / 시작과 끝이 같으니까요.'

성경에 이런 말씀이 있지요.
**"기뻐하여라.
주님께서 너와 함께 계시다."**

주님께서는 '훨씬 먼저' 우리를 사랑
하시고 우리와 함께 하신다지요? 그래서
'엉켜진 모든 짐'을 내려놓고 기대고 안
길 수 있으니 무엇이 두렵고 무엇이 슬프
고 무엇이 힘들겠냐고, 수많은 이들이 수
많은 세월 내내 찬미를 바쳐왔지요.

당신이여, 시작도 끝도 없는 행복의 길,
기쁨의 길, 이 길은 당신과 함께 가는 길
뿐이에요. 오! 늘 제 곁에서 저와 함께 계
실 당신이여, '당신을 알게 되어 행복합
니다.'

다시 전화를 겁니다

신호가 가는 소리.
당신 방의 책장을 지금
잘게 흔들고 있을 전화 종소리.
수화기를 오래 귀에 대고
맑은 전화 소리가
당신 방을 완전히 채울 때까지
기다립니다.

　마종기의 시 [전화]예요. 당신의 빈방을 전화 소리로 '완전히 채울 때까지' 전화를 끊지 않는 이유가 뭘까요? 당신이 빈방의 문을 열 때 내가 보낸 전화 소리가 '당신에게 쏟아져서 / 그 입술 근처나 가슴 근처에서 비벼대고 / 은근한 소리의 눈으로 당신을 밤새 지켜볼 수 있도록' 하려는 까닭이래요. 그래서 전화하고도 '다시 전화를 겁니다.'라고 했어요.

성경에 이렇게 기록되어 있어요.

"예수님께서는 갖가지 질병을 앓는 많은 사람을 고쳐 주시고……. 다음 날 새벽 아직 캄캄할 때, 예수님께서는 일어나 외딴곳으로 나가시어 그곳에서 기도하셨다."(마르 1,34-35)

예수님께서는 하루를 하느님과의 대화로 시작하시었다는 말이지요. 모든 것을 하느님께 물으셨고, 하느님으로부터 힘을 받으셨다는 말이지요.

당신이여, 누굴 위해 기도할 때면 난 시 [전화] 같은 심정이에요. 내가 보낸 전화 소리가 '당신에게 쏟아져서 / 그 입술 근처나 가슴 근처에서 비벼대고 / 은근한 소리의 눈으로 당신을 밤새 지켜볼 수' 있기를 바라는 마음이니까요. 기도가 이런 거라면 사랑도 이런 게 아닐까요? 그러니 기도도 사랑도 뭔 기교가 필요하고 주저리주저리 뭔 말이 필요하겠어요? 그저 당신의 빈방을 전화 소리로 '완전히 채울 때까지' 기다릴 뿐이지요. 당신이여, 지금도 난 당신께 '다시 전화를 겁니다.'

당신처럼, 당신처럼

웃는 얼굴이 웃는 얼굴과
정다운 눈이 정다운 눈과
건너보고 마주보고 바로보고 산다면
아침마다 동트는 새벽은
또 얼마나 아름다우랴

박목월의 시 [아침마다 눈을 뜨면]이에요.
사람살이는 '온통 어려움'과 '온통 괴로움'
뿐이래요. 그러나 '웃는 얼굴이 웃는 얼굴과
/ 정다운 눈이 정다운 눈과 / 건너보고 마주
보고 바로보고' 살면 '오늘 하루가 왜 괴로우
랴' 했어요. '아침마다 동트는 새벽은 / 또 얼
마나 아름다우랴' 했어요.

예수님께서 말씀하셨어요.
**"의인들은 아버지의 나라에서
해처럼 빛날 것이다."**

어떤 경우에도 야단법석하지 말라, 어떤 유혹
에도 흔들리지 말라, 어떤 곤경에도 투덜대며 불
평하지 말고 늘 감사하며 기뻐하라, 끊임없이 기
도하며, 빛의 근원이신 주님을 닮아라, 이것이
"의인"의 삶이니, 그리하면 주님처럼 "해처럼
빛"나리라, 이런 말씀이겠지요.

당신이여, 당신과 저 '건너보고 마주보고 바로
보고' 살게 해주세요. 그리하여 당신의 잔잔한 미
소처럼 제 입가에도 늘 미소 가시지 않게 해주세
요. 당신의 정겨운 눈처럼 제 눈에도 정겨움 가득
담아 주세요. 당신의 빛나는 얼굴처럼 나날이 세
속적으로 삭아가는 제 얼굴에 환한 빛 넘치게 해
주세요. "해처럼 빛"나게 해주세요. 오! 당신처
럼, 당신처럼.

목마르다

일찍이 어머니가 나를
바다에 데려간 것은
저 무위한 해조음을
들려주기 위해서가 아니었다
물 위에 집을 짓는 새들과
각혈하듯 노을을 내뿜는
포구를 배경으로
성자처럼 뻘밭에 고개를 숙이고
먹이를 건지는
슬프고 경건한
손을 보여주기 위해서였다.

문정희의 시 [율포의 기억]이에요. 일찍이 어머니가 나를 바
다에 데려간 것은 '바다가 뿌리 뽑혀 밀려 나간 후 / 꿈틀거리는

검은 뻘밭'에 '퍼덕거리는 것들 / 숨 쉬고 사는 것들'의 힘을 보여주고 싶었던 거래요. 그리고 무릎을 꺾고 허리를 굽혀가며 먹이를 건지는 성자의 손 같은 '슬프고 경건한 손'을 보여주기 위해서래요.

예수님께서 십자가에 달려 숨을 거두실 때 이렇게 말씀하셨다지요.

"목마르다."

예수님께서 고난을 보여주시는 것도 온전히 자신을 내어줌으로써 우리들 삶의 여정을 계시하시려 하심이 아닐까요? 그런데 우리가 이 계시를 따르지 않으니 지금도 예수님께서는 "목마르다" 하시지 않을까요?

당신이여, 저는 '저 무위한 해조음'만 들으려 했을 뿐 성자의 '슬프고 경건한 손'을 보려 하지 않았어요. 뻘밭의 교훈을 잊은 저 때문에 당신께서는 지금도 "목마르다" 하시겠지요? 이제부터라도 당신 사랑을 "목마르다" 하며 당신만을 따르게 해주시지 않으실래요?

말씨 한 알

마음으로 만졌을 때
악기처럼 아름다운 도전
몸속에서 튀어나온 보드러운
말씨 한 알이 어느새
들숨 날숨 통해 내 몸 속
허파꽈리거나 위벽에 붙어
가는 뿌리를 내리고
잔가지를 뻗는다 했더니
내 마음 천장까지 뚫고 자라
큰 나무가 되었습니다.

공광규의 시 [따뜻한 말씨]예요. '마음
으로 만졌을' 뿐인데 내 몸속 실핏줄까지
뻗어가는 이것, 내 안에 한아름 커진 이것,

'내 마음 천장까지 뚫고 자라 / 큰 나무'가 된 이것이 뭔지 몰랐대요. '심장이 터지고 가슴이 찢어져서야' 비로소 이것이 당신임을 알았대요.

예수님께서 말씀하셨어요.
"믿는 사람은 누구나 아들 안에서 영원한 생명을 얻게 하려는 것이다."

당신이여, 날 사랑하신다는 당신의 '말씨 한 알', 날 용서하신다는 당신의 '말씨 한 알'이 내 안에 뿌리를 내리고 가지를 뻗고 '내 마음 천장까지 뚫고 자라 / 큰 나무'가 되면 얼마나 좋을까요? 그리하여 당신은 나의 "영원한 생명"이라 고백할 때 내 심장은 터질 것이고 내 가슴은 찢어질 거예요. 당신의 '말씨 한 알', 그 "안에서" 환희를 맛보게 해주세요.

뭐헌다요, 뭔 소용이다요

병신같이, 바보 천치같이
이 가을 다 가도록
서리밭에 하얀 들국으로 피어 있으면
뭐헌다요, 뭔 소용이다요.

김용택 시인은 [들국] 시에서, 당신 그리
워, 못내 그리워 하얀 들국이 되어 이 가을 다
가도록 서리 가득 내린 밭에서 질 줄 모르고
당신을 기다리건만, 당신이 끝내 오지 않으
면 '뭐헌다요, 뭔 소용이다요.' 하며 절규해
요. 산마다 단풍만 저리 고우면, 산 아래 물빛
만 저리 고우면, 집 뒤안 하얀 억새꽃 하얀 손
짓도 '당신 안 오는데 무슨 헛짓이다요 / 저
런 것들이 다 뭔 소용이다요' 하며 투정부려
요. 당신이 보고파 너무 보고파 초승달 쳐다
보며 당신 얼굴 떠올려 본들 '저 달 금방 져

불면 / 세상 길 다 막혀 막막한 어둠일 텐디'
뭔 소용이겠냐고, 다 헛짓 아니냐고, 그렇게
울음을 터뜨려요.

예수님께서 대답하셨대요.
"첫째는 이것이다⋯⋯.
'너는 마음을 다하고 목숨을 다하고
정신을 다하고 힘을 다하여
주 너의 하느님을 사랑해야 한다.'
둘째는 이것이다.
'네 이웃을 너 자신처럼 사랑해야 한다.'
이보다 더 큰 계명은 없다."

당신이여, 사랑은 '뭐한다요, 뭔 소용이다
요' 하면서도 마음을 다하고 목숨을 다하는
건가요? '무슨 헛짓이다요, 뭔 소용이다요'
하면서도 정신을 다하고 힘을 다하는 건가
요? 그래도 좋아요. 당신이 몰라주어도, 당신
이 곁을 주지 않아도, 아무려면 어때요? 저
는 '병신같이, 바보 천치같이' 하얀 들국으로
피어 초승달 쳐다보며 하염없이 서리 맞으면
서도 당신을 사랑할래요.

벌레 먹은 나뭇잎

**나뭇잎이
벌레 먹어서 예쁘다**

이생진의 [벌레 먹은 나뭇잎]의 시구예
요. 왜 예쁠까요? '그 구멍으로 하늘이 보
이는 것은 예쁘다'고 했어요. 그리고 '남
을 먹여가며 살았다는 흔적은 / 별처럼 아
름답다'고 했어요. 누군가를 위한 너의 희
생의 흔적이기에 예쁘다고 했어요.

예수님께서는 사람의 아들의 날이 올 때 롯의 아내를 기억하라고 하시며 이렇게 말씀하셨어요.

"제 목숨을 보존하려고 애쓰는 사람은 목숨을 잃고, 목숨을 잃는 사람은 목숨을 살릴 것이다."

제 본능에만 따르며 제 소유와 제 목숨에만 애착하며 살면 소금기둥이 된 롯의 아내처럼 목숨을 잃을 것이라는 말씀이지요.

당신이여, 당신은 저에게 약속하자 하시고는 약속 잘 지키고 있니 다짐하시곤 하시지만 저는 제 본능만 따르고 제 소유만 애착하면서 번번이 당신을 실망시켜 미안해요. 당신만을 사랑하며 당신 안에서 새로 난 생명의 삶을 살라 자꾸 채근해주세요. 당신께서 채근하고 이끌어주지 않으시면 어찌 저 혼자 썩어가는 시체의 삶에서 벗어날 수 있겠어요! 당신만이 저를 '별처럼 아름답다' 할 삶을 살게 할 분이세요. 당신만이 제 "목숨을 살릴" 분이세요.

별 하나 안은 채

호수 밑 그윽한 곳
품은 꿈 알 길 없고
......
호수는 별 하나 안은 채 조용하다.

모윤숙의 시 [밤 호수]는 호수가 '품은
꿈 알 길 없고'로 시작하여 호수는 '별 하
나 안은 채 조용하다.'로 끝나는 시예요.
내가 품은 사랑 네가 다 알 리 없겠지요.
사랑은, 호수 같아서 네가 알아주지 않아
도 노을이 지고 또 지고 그토록 오랫동안
호수는 그저 깊어만 갈 거래요. 호수는 그
저 '별 하나 안은 채' 조용히, 행복해할 거
래요.

예수님께서 말씀하셨지요.
"(율법을) 폐지하러 온 것이 아니라
오히려 완성하러 왔다."

하느님 계명은 참된 자유와 생명의 헌
장이요, 그 중 가장 큰 계명은 사랑이니까
'율법의 완성'은 곧 '사랑의 완성'이지요.
예수님께서는 '사랑의 완성'을 위해 오신
거라는 말씀이지요.

당신이여, 저의 별빛인 당신이여,
[Wash Me Throughly]! 저를 깨끗이
해주시어 맑은 호수처럼 살게 해주시고,
사랑하며 살다가, 품은 꿈 다 못 펴도 별
하나 안은 호수처럼 조용히, 행복해하면
서 당신 곁에 가게 해주세요.

빛으로 와 주실 거지요?

세상일이 '질' 아닌 것이 없는데,
내가 했던 질마다 온전한 게 없다
덕지덕지 헌데 투성이다.

장인수의 시 [못질]이에요. 살아보니 세
상일이 '질' 아닌 것이 없는데, '질 자 들
어가는 일이 결코 쉽지 않은 법'인지 '내가
했던 질마다 온전한 게 없다'네요. '살면서
못질을 많이 했다'는데, 그런데도 '나는 오
늘도 못질을 멈추지 않는다.'네요.

예수님께서 말씀하셨어요.
"나는 빛으로서 이 세상에 왔다."

104

나뭇잎은 말 그대로 '신록'이고, 꽃은 말 그대로 '방창'이고, 강은 아침노을로 일렁일렁 말 그대로 '천파만파'인 게 다 빛 때문이지요. 빛이 없으면 색이 없고, 색이 사라지면 물체를 볼 수 없고, 빛이 막히면 어둠뿐일 테니 예수님께서는 빛으로 오시어 색을 주시고 존재케 해주시고 "어둠 속에 머무르지 않게" 해주시겠다고 말씀하신 거지요.

　당신이여, 난 많은 이들 가슴에 '오늘도 못질을 멈추지' 않고 있어요. 그러니 빛이 막히고 빛이 사라지고 색이 달아나고 어둠만이 다가와요. 빛으로 오실 당신이여, 당신의 빛을 온통 흡수하고, 당신의 빛을 온통 반사하며, 많은 이들의 빛과 어우러지며 더 아름다운 색으로 아롱거리는 삶이 되게 해주세요. 못질 당해야 할 나, '덕지덕지 헌 데 투성이' 나에게도, 당신이여, 빛으로 와 주실 거지요?

제4부

올라갈 때 못 본 그 꽃

사랑의 다른 이름으로
오실 당신

당신은 벌써 비자나무 숲길에
한 마리 다람쥐 되어
나를 반기고 계셨습니다.
시냇물 되어 도글도글
조약돌을 굴리고 계셨습니다.

　　나태주의 시 [산행]이에요. 시인은 '마
음을 비우고 몸을 비우고 / 당신을 찾아가
는 날에 관음보살님'을 그리고 있어요. 관
음보살님은 '한 마리 다람쥐 되어' 나를
반기고 계셨고, '시냇물 되어' 조약돌을
굴리고 계셨대요. 그리고 '당신은 이미 징
검다리 돌길을 건너는 / 갈래머리 산처녀,
산처녀 되어 / 나의 앞길을 먼저 가고 계
셨습니다.'라고 고백하고 있어요.

예수님께서 말씀하셨어요.
**"너희가 서로 사랑하면, 모든 사람이 그
것을 보고 너희가 내 제자라는 것을 알게 될
것이다."**

당신이여, 시인처럼 '마음을 비우고 몸
을 비우고' 나를 온전히 버릴 때 비로소
모든 피조물들의 다른 이름이 관음보살이
시라는 걸 알게 될 것이며, 관음보살의 다
른 이름이 성모님이시라는 걸 알게 될 것
이고, 성모님의 다른 이름이 당신이시라
는 걸 알게 될 것이며, 당신의 다른 이름
이 "서로 사랑"하는 사람이라는 걸 알게
될 거예요. 그러니 저도 저를 온전히 버림
으로써, "서로 사랑"함으로써, 당신께서
저와 하나 되기를 기다릴게요. 사랑의 다
른 이름으로 오실 당신이시여!

사랑의 비늘

내가 새로워져서 인사를 하면
이웃도 새로워진 얼굴을 하고
새로운 내가 되어 거리를 가면
거리도 새로운 모습을 한다.

구상의 시 [새해] 중 일부예요. '기적'
이 일어난 거예요. 이웃이 새로워진 얼굴
을 하고 거리도 새로운 모습으로 변했으
니 '기적'이지요. 어찌 이런 기적이 일어
난 걸까요? 이웃이 달라졌나요? 거리가
달라졌나요? 아니지요. 내가 달라지니까
모든 게 달라 보이는 거겠지요. 새로워진
내 눈으로 보니까 일상이 기적처럼 달라
진 거겠지요.

예수님께서 말씀하셨지요.
**"내가 주는 평화는
세상이 주는 평화와 같지 않다."**

예수님 안에서 새로워지면 모든 것이 달라진대요. 세상이 주는 평화와 같지 않은 새로운 평화, 영원한 평화를 누리게 된대요.

당신이여, 제 눈을 덮고 있는 자만과 불평과 불신의 비늘을 걷어내고 사랑의 비늘만 남게 해주세요. 그리하여 모든 걸 아름답게 볼 줄 아는 눈을 뜨게 해주세요. 새로운 평화를 누리고 영원한 평화를 나누며 살게 해주세요. 오로지, 오로지 당신 안에서 새로워지게 해주세요.

새와 나무

서로 측은하여
함께 있자 했는가.
모처럼 세상이
진실로 가득해진 그 중심에
이들의 화목이
으스름한 가락지로
끼워져 있다.

   김남조 시 [새와 나무]예요. '작은 새 하나 / 가녀린 나뭇가지 위에 / 미동 없이' 머물고 있대요. 외롭기도 하겠지만 뼛속까지 파고드는 얼음처럼 깨질 듯한 냉기를 견디느라 얼마나 힘들까요? 헌데 새가 앉은 잎 다 떨군 나무도 가녀리고 외롭고 추위 견디기 어렵기는 마찬가지래요. 그래서 '서로 측은하여 / 함께 있자 했는가' 서로 위로하고 서로의 슬픔과 고통을 함께 나누며 '으스름한 가락지로 / 끼워져' 있대요. 이곳이 바로 '진실로 가득해진' 곳이래요.

예수님께서도 말씀하셨지요.
"행복하여라, 가난한 사람들!
하느님의 나라가 너희 것이다."

당신이여, 우리도, 작고 가녀리고 외롭고 가난한 우리도, 이런 마음의 가락지로 끼워진 사랑으로 살면 얼마나 아름다울까요? 얼마나 행복할까요? 서로가 그 어떤 것도 바라지 않고 서로를 오로지, 온통 서로에게 맡길 수 있다면! '모처럼 세상이 / 진실로 가득'해질 거예요. "하느님의 나라"가 분명할 거예요. 당신이여, 저와 가락지 끼지 않으실래요?

색깔 있는 그림자

금세 지는 꽃 그림자만이라도
색깔 있었으면 좋겠다.
어머니 허리 휜 그림자
우두득 펼쳐졌으면 좋겠다.
찬 육교에 엎드린 걸인의 그림자
따뜻했으면 좋겠다.
마음엔 평평한 세상이 와
그림자 없었으면 좋겠다.

함민복의 시 [그림자]예요. 색깔 있는 그림
자가 이 세상에 있을까요? 온기 있는 그림자
가 이 세상에 있을까요? 아름다운 바람이 바
래지지 않는 한 그림자는 꽃빛처럼 예쁜 색
깔 띨 거예요. 사랑의 빛을 비추는 한 그림자
에도 따스한 온기 넘쳐날 거예요. 그리하여

아름다운 바람과 사랑의 빛만이 그림자 없는
마음의 평화를 줄 거예요.

예수님께서 말씀하셨어요.
**"나는 세상의 빛이다.
나를 따르는 이는 어둠 속을 걷지 않고
생명의 빛을 얻을 것이다."**

영원히 꺼지지 않는 참된 빛, 이 빛 속에서
'금세 지는 꽃' 같은 유한한 생명은 영원한
생명을 얻을 거예요. "어둠 속을 걷지 않고"
어떤 질고도, 어떤 곤고도 이겨낼 거예요. 그
빛은 세상이 빼앗아갈 수 없는 기쁨과 평강
의 참빛이니까요.

당신이여, 그런데 왜 저는 '그림자 너머 참
빛'을 아직 따르지 않고 여전히 동굴에 갇혀
세속적인 허상을 실상으로 알고 헛되게 살고
있을까요? 저를 참된 빛으로 이끌어주세요.
그리하여 제 삶의 그림자가 예쁜 색깔로 아
롱지게 해주세요.

서로에게 물들고 물들이다가

벚나무와 느티나무가 나란히 서서
서로가 서로에게 물들고 물들이다가
땅에 내려와 몸을 포개고 있다

공광규의 시 [가을 덕수궁]이에요. 골
목길 층계에도, 페이브먼트에도 나뭇잎
떨어져 '몸을 포개고' 있대요. '서로가 서
로에게 물들이다가' 한껏 '단풍으로 달아
오른 몸을 포개고' 있대요. 덕수궁 돌담길
가을 나무 아래 팔짱을 끼고 걷는 초로의
남녀도 '물든 마음을 서로 포개고 있을 것
이다'라고 했어요.

예수님께서 말씀하셨어요.
**"나를 통하지 않고서는 아무도
아버지께 갈 수 없다."**

당신이여, 나는 꿈에서나마 사랑하는
거룩한 님의 팔짱을 끼고 걸어보고 있어
요. 거룩하신 님의 고운 마음 내 안에 물
들게 해달라고 기도하면서요. 물든 마음
서로 포개지게 해달라고 기도하면서요.
당신을 "통하지 않고서는" 내 존재 이유
가 없으니까요.

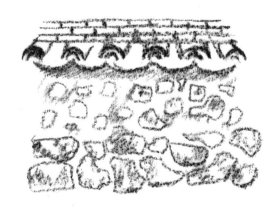

세상의 비밀

닫힌 내 마음의 돌문을 열며
꽃바람 해바람으로 오신 당신
당신으로 하여
별이 왜 반짝이는지
꽃이 왜 꽃으로 피어나는지
세상에 가득한 그런 가만가만한
비밀들을 알게 되었어요.

　김용택의 시 [세상의 비밀들을 알았어
요]예요. 당신이 있기에, '아, 내 가는 길목
마다 / 훤하게 깔린 당신'이 있기에, '들국
같은 당신의 얼굴이 / 하얗게, 하얗게 줄지
어 달려'오고 있기에, '세상에 가득한 그런
가만가만한' 세상의 비밀들을 알게 되었
다는 시예요. 당신이 '닫힌 내 마음의 돌
문'을 열어 주었기 때문이래요.

성경에 이런 말씀이 있지요.
"예수님께서는 엘리야나 엘리사처럼
유다인들에게만 파견되신 것이 아니다."

당신이여, 당신은 두루 사랑하시는 하느
님 사랑의 비밀을 알려주셨어요. 하느님
사랑처럼 너도 너만 사랑하지 말고 반짝
이는 별과 꽃으로 피어나는 꽃과 네 이웃
을 두루 사랑하라고, 닫힌 마음의 돌문을
열라고, 당신은 그렇게 저를 깨우쳐주셨어
요. 감사해요. 시인의 마음처럼 이 길에 천
둥번개가 치지 않았으면 좋겠어요.

아득한 성자

하루라는 오늘
오늘이라는 이 하루에
뜨는 해도 다 보고
지는 해도 다 보았다고
더 이상
더 볼 것 없다고
알 까고 죽은 하루살이 떼

　　조오현 스님의 시 [아득한 성자]예요. 하루살이는 오
늘 태어나 오늘 죽지만 뜨는 해도 '다' 보고 지는 해도
'다' 보고 사랑까지 하여 알도 까고, 그래서 다 이루었
다, '더 볼 것 없다' 하며 죽는대요. 헌데 나는 어떤가
요? '그 어느 날 그 하루도 산 것 같지' 않게, 그렇게 흘
려버리지요. 허니 '천 년을 / 산다고 해도' 하루살이 떼
처럼 살기는 '아득'할 수밖에 없다고 해요.

예수님께서는 말씀하셨어요.
**"너희 조상 아브라함은
나의 날을 보리라고 즐거워하였다."**

예수님께서는 "아브라함이 태어나기 전부터" 존재하
였고, 존재하며, 존재하리라고 하셨지요. 이 말씀은 '영
원한 지금(The Eternal Now)'이라는 뜻이며, 지금 여
기 함께 하시는 영원한 분이시라는 뜻이래요.

당신이여, '오늘이라는 이 하루'가 영겁을 이룰지니
지금 이 순간을 '하루살이 떼'처럼 '더 이상 / 더 볼 것
없다' 하게 살면, 지금 이 순간의 삶이 바로 영원한 삶
이 아닐까요? 이를 깨닫고, 깨달은 영원의 신비에 따
라 사는 것이 곧 '성자'의 삶이 아닐까요? 허나 저는 자
신이 없어요. 그래서 이 시의 마지막 시구처럼 '성자는
아득한 / 하루살이 떼'라고 저는 읊조릴 뿐이에요. 저는
도저히 구원받을 수 없을까요?

약이 없는 병

아파서 못 견디는 그 병은
약이 없는 병이어서
병 중에 제일 몹쓸 병이더이다.

김용택의 시 [약이 없는 병]이에요. 이 병은 하루 이틀이 아니라 '해가 떴다가 지고 / 달과 별이 떴다가 지고 / 봄 여름 가을 겨울이 수없이 돌아 흐르며' 오~랜 세월 쌓여서 깊어진 병이래요. '아파서 못 견디는'데도 '약이 없는' 깊은 병이래요. 대체 뭔 병일까요? '그리움이, 사랑이 찬란하다면 / 나는 지금 그 빛나는 병을 앓고 있습니다.' 하네요. 아하, 뭔 병인지 알겠지요? 그래서 '빛나는 병'이면서도 '병 중에 제일 몹쓸 병이더이다.' 호소하는군요.

예수님께서 말씀하셨어요.
**"내가 하고 있는 일들이
나를 위하여 증언한다."**

예수님께서 하신 일들을 통해 수많이 드러내 보여 주신 증거들이 있는데도, 사람들은 왜 이를 알아주지도 들어주지도 믿어주지도 않지요? [약이 없는 병]을 앓지 못하는 까닭이 아닐까요? 시인의 염원처럼 병이 깊어 차라리 그 병으로 죽어져 '물처럼 바람처럼 / 그대 곁에 흐르고 싶어요.' 그렇게 그대 곁에 감돌겠다는 절체절명의 사랑이 부재한 탓이 아닐까요?

당신이여, 이 병이 '병 중에 제일 몹쓸 병'일지라도 저는 속앓이를 마다 아니하겠어요. 저의 당신이여! 당신께서는 어떻게 생각하세요?

양치기의 눈물

아아. 이별의 눈물은
진이요, 선이요, 미다.
아아, 이별의 눈물은
석가요, 모세요, 잔다르크다.

　한용운의 시 [이별]이에요. 잔 다르크
는 한낱 양치기에 불과한 소녀였지만 천
사 미카엘을 통해 하느님의 부르심을 받
고 성기(聖旗)를 앞세워 나서서 프랑스
를 구한 영웅이지요. 포로가 되어 '왜 다
른 사람이 아니라 한낱 소녀인 그대에게
하느님께서 천사를 보냈다고 생각하는
가?'라는 심문을 받자 잔 다르크는 말했
대요. '그 한낱 소녀를 쓰는 것이 그분의
기쁨입니다.'라고. 끝내 화형 당했지만 그
죽음보다 강한 눈물이 곧은 '진이요, 선이
요, 미'가 아닐까요?

예수님께서 말씀하셨어요.
"나는 착한 목자이다.
착한 목자는 자기 양을 위하여
목숨을 바친다."

양을 부르시면 양들이 목자의 음성을 듣고, 알고, 따름은 서로의 사랑이 맺어짐이니 당신께서는 그 사랑을 결코 저버리지 않고 목숨을 바치실 것이니 어떠한 어려움 중에도 평온하고 기뻐하라 하신 말씀이겠지요.

당신이여, 저를 부르시는 음성을 듣게 해주시고 알게 해주세요. 잔 다르크처럼 그 부르심에 '감사'로 응답케 해주시고, '용기' 있게 나서게 해주시고, 그 길이 '고통'의 길일지라도 열정과 믿음을 잃지 않게 해주시고, 이 생 마칠 때에 '찬미'를 잃지 않게 해주세요. 당신이여, 저에게 양치기의 눈물을 주세요.

올라갈 때 못 본 그 꽃

열매를 따낸 비탈진 사과밭을
내려오며 되돌아보는
하늘의 푸르름을
뉘우치지 말게 하옵소서.

박목월의 시 [내리막길의 기도]예요.
시인은, 삶의 내리막길에서 되돌아보며
'하늘의 푸르름을 / 뉘우치지 말게 하옵
소서.'라고 기도하고 있어요. '오늘은 오늘
로써 / 충만한 하루'가 되게 해달라고 기
도하고 있어요. '힘에 겨울수록 / 한 자욱
마다 전력을 다하는' 힘이 되어달라고 기
도하고 있어요.

예수님께서 말씀하셨어요.
**"나에게 의심을 품지 않는 이는
행복하다."**

　의심 품지 않고 주님을 따르면 기도를
들어 주시겠다 하시네요. 행복하게 해 주
겠다 하시네요.
　당신이여, 고은 시인의 '내려갈 때 보았
네. / 올라갈 때 못 본 그 꽃' 시구처럼 삶
의 내리막길, 이 마지막 길에서 되돌아보
니 육신의 눈만 뜬 채 오르막길 오르는 데
만 골몰한 것이 참 부끄럽고 참 후회스러
워요. '육신의 눈이 어두워질수록 / 안으
로 환하게 눈 뜨게' 해달라고 시인은 기도
했지만, 저는 이제부터라도 당신께서 제
눈이 되어주시어 제 앞길을 환하게 비춰
달라고 기도하고 싶어요. 당신만을 믿고
당신의 눈이 이끄는 대로 따르면 제 삶의
마지막 길이 "행복하다" 할 거예요. 제발
제 눈이 되어주세요, 네?

일어나 가자

누가 우리들 허리 꼭꼭 밟고 가도
넘어진 김에 한 번 더
서럽게 껴안고 일어서는
아니면 내 한 몸 꺾어
겨울의 양식 되었다가
다시 새 봄에 푸른 칼날로 서는
우리 예쁘게 살아가는 풀잎이 되어요.

　　공광규의 시 [예쁘게 살아가는 풀잎이
되어요]이예요. 아하, 밟혀도 넘어져도 그
채 스러지지 말고 일어서는 것이 예쁘게
사는 거군요. '서럽게 껴안고' 서로가 힘
이 되어주면서 일어서는 것이 예쁘게 사
는 거군요. 아니면 '내 한 몸' 양식으로 내
어주고 새 봄에 다시 일어서는 것이 예쁘
게 사는 거군요. 그런 풀잎처럼 모질게 일
어서는 것이 예쁘게 사는 거군요.

예수님께서 말씀하셨어요.
"아직도 자고 있느냐?
아직도 쉬고 있느냐?
…… 일어나 가자."

잠에서 깨어나래요. 쉼에서 일어나래요. 짓밟혀도 넘어져도 일어나 주님과 함께 가재요. 그래야 짙은 어둠이 가시고 영광의 길, 축복의 길이 열릴 거래요.

당신이여, 세속적으로 낮은 자라 여기는 이에게 오만하지 말고, 세속적으로 높은 자라 여기는 이에게 결코 비굴하지 말고, 오로지 주님께서 돌보시는 모든 이들에게 자신을 낮추는 용기, 자신을 내어주는 용기, 서로 함께 하는 용기로써 일어나 빛을 비추라 하셨으니 그렇게 살아갈게요. 그러면 그 빛 안에 주의 영광이 일어나 임할 것임을 믿겠어요.

잘츠부르크의 보석나무

저들은 저들이 하는 바를
모르고 있습니다.

이들은 이들이 하는 바를
모르고 있습니다.

이 눈먼 싸움에서
우리를 건져 주소서.

두 이레 강아지 눈만큼이라도
마음의 눈을 뜨게 하소서.

구상의 시 [기도] 전문이에요. 너는 왜 네
잘못을 모르니? 그러는 나는 왜 내 잘못을
모를까? 서로 다퉈본들 너나 나나 다 눈먼

싸움일 뿐. 그래서 시인은 기도하지요. '우리를 건져 주소서'라고. '두 이레 강아지 눈만큼이라도 / 마음의 눈을 뜨게 하소서.'라고.

예수님께서 십자가에 못 박히실 때 말씀하셨어요.
**"아버지, 저들을 용서해 주십시오.
저들은 자기들이 무슨 일을 하는지
모릅니다."**

당신이여, '잘츠부르크'는 이름 그대로 '소금 산'이라 불리는데, 이곳 소금 광산 밑바닥에 나뭇가지를 넣었다가 두세 달 후에 꺼내면 나뭇가지가 소금 결정에 덮여 반짝이는 다이아몬드처럼 보인대요. 구상 시인은 인간사 모든 것이 '잘츠부르크의 보석나무' 같다고 했어요. '환영'일 뿐이라는 거예요. 그런데 왜 이해도, 용서도 하지 않고 눈먼 싸움질만 하지요? 서로가 구속과 질식의 삶이 아니라 서로가 서로에게 생명수 되어 살면 안 되나요? 제 마음의 눈이 '두 이레 강아지 눈만큼이라도' 뜨이게 해주세요, 당신이여!

텅 빈 충만

뿌리 뽑힌 줄도 모르고 나는
몇 줌 흙을 아직 움켜쥐고 있었구나
자꾸만 목이 말라와
화사한 꽃까지 한 무더기 피웠구나
그것이 스스로를 위한
弔花인 줄도 모르고

나희덕의 시 [몰약처럼 비는 내리고]예
요. '뿌리 뽑힌 줄도 모르고' 움켜쥔 '몇
줌 흙'에서 마지막 물기까지 빨아 머금으
며 '화사한 꽃까지 한 무더기' 피워낸 들풀
은 '그것이 스스로를 위한 弔花'인 줄도 몰
랐대요. 그 모습이 너무 애처로워 '몰약처
럼 비'가 내렸고, 들꽃은 '흘러내린 붉은 진
물'이 스며들자 '한 삼일은 눈을 뜨고 있을
수 있겠다' 희망하며 기뻐하였대요.

성경에, 마리아 막달레나와 다른 마리아가 예수님 무덤을 보러 가자 천사가 여자들에게 이렇게 말했대요.

"그분께서는 되살아나셨다.
와서 그분께서 누워 계셨던 곳을
보아라." (마태 28,6)

그러자 여자들은 두려워하면서도 크게 기뻐하였대요. '빈 무덤'에서 예수님의 십자가 짊의 용기와 '붉은 진물' 흘리신 사랑과 '몰약처럼' 내리는 구원의 희망을 보며 기뻐하였대요.

당신이여, 아낌없이 준 사랑의 빈자리에서만이 사랑이 채워질 수 있다는 '텅 빈 충만'의 진리를 제가 깨우치게 해주세요. 저의 사랑이신 당신이여, '스스로를 위한 弔花인 줄도 모르고' 피워낸 '화사한 꽃'을 당신께 바치면 기꺼이 받아주실 거지요?

푸르른 날

눈이 부시게 푸르른 날은
그리운 사람을 그리워하자.

서정주의 시 [푸르른 날]이에요. 내 삶
이 눈부시게 푸르른 날에 뭘 할까? 내 삶
에 안위할까? 내 행복에 도취할까? 그러
지 말래요. 내 삶이 눈부시게 푸를수록 행
여 그리운 이 삶에 비 내리지 않는지, 행
여 그리운 이 삶에 바람 휘몰아치지 않는
지, 한번쯤 생각해보며 그리운 이 더더욱
그리워하래요.

예수님께서 말씀하셨어요.
"나는 양들의 문이다."

134

그러니 누구든지 이 열린 문으로 들어와 '예수다움'으로 살면 "사망의 음침한 골짜기"를 벗어나 평온과 풍요가 깃든 참된 삶의 "풀밭"을 누릴 것이요, 당신 품에서 "생명을 얻고 또 얻어 넘치게" 될 것이라는 말씀이지요.

당신이여, 내 삶이 눈부시게 푸를수록 내 행복에 겨워 '나'만 있고 '너'가 없는 삶이 되기 십상이지요. '너' 때문에 '나'의 눈부시게 푸른 삶이 깨질세라 들고나는 문을 닫으려 들지요. '나'와 '너'가 들지도 또 나지도 못하는 외톨이 삶에는 주님께서도 드나드시지 못하시겠지요. 그리운 이, 나의 당신이여! 내 삶이 눈부시게 푸를수록 당신을 더욱 그리워하게 내 맘도 눈부시게 해주세요. 그리하여 이 땅도 온통 눈부시게 해주세요.

한 방울 눈물이 된 사람

나는 눈물이 없는 사람을
사랑하지 않는다.
나는 눈물을 사랑하지 않는 사람을
사랑하지 않는다.
나는 한 방울 눈물이 된 사람을
사랑한다.

정호승의 시 [내가 사랑하는 사람]이
에요. '그늘이 없는 사람' 그리고 '그늘
을 사랑하지 않는 사람'을 사랑하지 않겠
대요. '눈물이 없는 사람' 그리고 '눈물을
사랑하지 않는 사람'을 사랑하지 않겠대
요. 기쁨도 눈물이 없으면 기쁨이 아니고,
사랑도 눈물이 없는 사랑이 어디 있는가,
그래서 '한 그루 나무의 그늘이 된 사람'
처럼 '한 방울 눈물이 된 사람'을 사랑하
겠대요.

예수님께서 말씀하셨어요.
**"행복하여라, 슬퍼하는 사람들.
그들은 위로를 받을 것이다."**

당신이여, 누군들 다 그렁저렁한데, 저만 비통한 듯, 저만 곪은 듯, 저만 헐벗은 듯, 저만 두려운 듯 눈물 쥐어짜고 그늘져 살며 유난떨고 궁상떨면 어찌 사랑 받고 어찌 위로 받을 수 있을까요? 누구나 제 몸 하나 잘 살아가려고 아등바등하는 마음보다 저가 그러하듯 비통하고 곪고 헐벗고 두려워하는 다른 이를 위해 스스로 그늘이 되어 쉼터가 되어주고 눈물을 닦아주는 영혼의 마음이 커지게 살면 비로소 사랑 받고 위로 받게 될 거예요. 당신이여, 이런 삶이야말로 시인의 말처럼 '고요한 아름다움'의 삶이 아닐까요?

제5부

꽃으로 피지 못하는 꽃

그대 혹시 나와 같았는지를

천번 만번 이상하여라
다른 이는 모르는 이 메아리
사시사철 내 한평생 골수에
전화 오는 그대 음성…….
언젠가 물어보리…….
죽기 전에 단 한 번 물어보리…….
그대 혹시 나와 같았는지를…….

　김남조의 시 [상사]의 끝부분이에요. 사랑은 이상한 거래요. '천번 만번 이상'한 거래요. '다른 이는 모르는 이 메아리'가 어째서 나에게만 들릴까, 참 이상하대요. 내 맘 어째서 나도 모를까, 참 이상하대요. 네 맘 어쩐지 내가 왜 모를까, 참 이상하대요. 그래서 죽기 전에 물어보겠대요. '단 한 번' 물어보겠대요. '그대 혹시 나와 같았는지를…….'

예수님께서 바르톨로메오(나타나엘)에게 말씀하셨어요.

"네가 무화과나무 아래에 있는 것을 보았다고 해서 나를 믿느냐? 앞으로 그보다 더 큰 일을 보게 될 것이다."

어떻게 해서 바르톨로메오(나타나엘)가 예수님을 만나게 되었을까요? 이 만남은 '운명'이래요. 이렇게 운명적인 사랑이 시작되면서 결국 "더 큰 일을 보게" 되지요. "하늘이 열리고" 새로운 삶이 열린 거예요.

당신이여, 미켈란젤로의 그림 '최후의 심판' 우측, 예수님 발치에, 산 채로 살가죽이 벗겨지며 순교했다는 바르톨로메오가 벗겨져 축 처진 제 살가죽을 들고 있어요. 어떻게 산 채로 살가죽이 벗겨지는 고통도 이겨낼 수 있었을까요? 그래서 사랑은 정말 '천번 만번 이상'한 건가 봐요. 나의 사랑이신 당신이여, 당신에게 '죽기 전에 단 한 번' 물어볼까 어쩔까 망설이고 있어요.

'그대 혹시 나와 같았는지를⋯⋯.'

그저 먼저

물먹는 소 목덜미에
할머니 손이 얹혀졌다.
이 하루도
함께 지났다고,
서로 발잔등이 부었다고,
서로 적막하다고,

　　김종삼의 시 [묵화]의 전문이에요. 할머니는 아무 말 안하셨어요. 그저 먼저 소 목덜미에 손을 얹기만 하셨어요. 노동에 지쳐 물먹는 소는 할머니 묵언 속의 말을 들었을까요? '함께' 하루를 지났다는 말을요. '서로' 발잔등 붓고, '서로' 적막하다는 말을요.

　　예수님께서 말씀하셨어요.
"젊은이야, 내가 너에게 말한다. 일어나라."

외아들마저 죽어 절망에 빠진 과부를 주님 께서 '먼저' 보셨어요. "울지 마라" 절망을 치유해주셨어요. 관에 손을 얹으시고 "일어 나라" 죽음을 치유해주셨어요. 그저 '먼저' 바라보시고 자비의 손을 얹어주시는 주님 모 습이 소 목덜미에 손을 얹으시는 할머니 같 으네요.

　　당신이여, '친하다, 사랑하다'는 뜻의 '친 (親)'자는 '설 립(立)'자, '나무 목(木)'자, '볼 견(見)'자로 이루어져 있어요. 네가 오는 지 나무에 올라 돋움발로 서서 목 빼고 먼 데 까지 살펴본다는 뜻의 글자예요. 그저 '먼저' 보고 달려가려는 마음이지요. 친함, 사랑함은 내가 '먼저' 이런 마음을 갖는 거래요. 우리 도 한 폭의 '묵화' 같이 묵언 속에 따스한 손 그저 '먼저' 얹으며 친해질래요, 사랑할래요, 그럴래요?

꽃으로 피지 못하는 꽃

내가 다가가 너를 불렀으나
너는 꽃이 되지 않았다
플라스틱 꽃이었다.

황지우 시인이 김춘수 시인의 시를 패러
디한 시에요. 다가가 이름을 불러주면 얼
마나 감격하겠어요? 그 황홀이 꽃으로 피
어나겠지요. 헌데 다가가 불러줘도 '너는
꽃이 되지 않았다' 하네요. 꽃으로 피지
못하는 꽃, 바로 '플라스틱 꽃'이었대요.

예수님께서 말씀하셨어요.
**"튼튼한 이들에게는
의사가 필요하지 않다.
내가 바라는 것은
희생 제물이 아니라 자비다."**

또 말씀하셨어요.
**"나는 의인이 아니라
죄인을 부르러 왔다."**

당신이여, 당신께서는 내게 다가와 나
를 불러주셨지요. 그런데 나는 끝내 꽃이
되지 못하였어요. 나는 '플라스틱 꽃'이었
지요. 사랑으로 오시는 당신이여, 그래도
이 '플라스틱 꽃'에 오늘도, 내일도 사랑
의 물을 자꾸 주지 않으실래요? 아! 그런
다고 언젠가 꽃으로 피어날 수 있을까요,
내가요?

사랑의 못 박으신 당신

못박힌 자국으로 말미암아
이제 나는
당신을 벗어날 수 없다
나는 당신의 사람
못박힌 자국이
나를 구속한다.

　　박목월의 시 [노래]의 일부예요. '나는
당신의 사람', 아! 사랑이군요. 어쩌다가
이토록 아픈 사랑 하게 되었나요? '못박
힌 자국으로 말미암아' 그리 되었대요.
그분의 아픔이 너무 마음 아파서 이토록
아픈 사랑 하게 되었대요. 못 자국에 구속
되고, 이젠 '당신을 벗어날 수 없다' 하는
군요.

성경에 이런 말씀이 기록되어 있어요.
**"하느님께서 아들을 세상에
보내신 것은 세상이 아들을 통하여
구원을 받게 하시려는 것이다."**

왜 십자가에 못 박혀 죽어야 하나요?
왜 그런 고통을 스스로 짊어지는 건가
요? 사랑 때문이래요. 이 사랑으로 하여
우리에게 "멸망하지 않고 영원한 생명을
얻게" 하려 하시는 거래요.

당신이여, 내 가슴에 사랑의 못을 박으
신 당신이여, 도저히 '당신을 벗어날 수
없다' 하게 꽉 아프게 못 박으신 당신이
여, '나는 당신의 사람'이에요. 오, 아픈 사
랑 하는 나는 참 행복해요. 아! 불에 타는
아픈 사랑을 하는 나는 정말 행복해요.

딱지

딱지는 상처를 이겨낸 다음
생긴다.
얼마나 아프게 겪어 내었는지에 따라
그것의 두께는 다르다.

정두리의 시 [딱지]예요. 마음의 상처
에도 딱지가 앉겠지요. 엄청난 상처일수
록 두께가 엄청날 거예요. 허나 '딱지는
상처를 이겨낸 다음'에 생기는 것이니까
마음의 고난도 잘 이겨내야 하겠지요.

예수님께서 말씀하셨어요.
"너희는 내 잔을 마실 것이다."

148

고난의 잔이 없는 영광을 어찌 생각할
수 있겠느냐고 당신께서 말씀하신 거지
요. 마음고생 없이 살 수 있을까요? 다치
지도 말고 아프지도 말고 언제나, 언제까
지나 곱게, 행복하게, 그렇게 살 수 있을까
요? 아니래요. 자기 십자가 자기가 지고
따르며 고난을 이겨내야 영광을 얻게 될
거라고 하신 말씀이지요.

　당신이여, 나 어릴 적, 딱지가 앉아 근질
근질할 즈음에 가장자리부터 딱지를 지레
떼어내다가 덧나서 더 큰 고생하고서야
비로소 고난의 딱지도 무르익을 때까지
견뎌내야 함을 스스로 깨닫게 되었지요.
딱지가 야물딱지게 익을 때까지 견뎌내야
한다는 걸 알고부터 당신의 목소리를 기
다릴 줄 알게 된 거 같아요. ‘나도 너를 사
랑한다.’는 당신의 목소리 기다릴게요.

단 삼 일만이라도

수련은 삼일기도 열심히 하고
조용히 물속에 누워 잠이 든다.

황보광의 시 [수련]의 전문이에요. 수
련의 일생은 삼 일이래요. 그 일생을 '수
련은 삼일기도 열심히 하고' 열정을 다한
경건한 삶을 마치고 '조용히 물속에 누워
잠이 든다.' 하네요.

성경 말씀이에요.
"예수님과 함께 있던 여자들은
자기들의 재산으로 예수님의 일행에게
시중을 들었다." (루카 8,3)

예수님 복음 선포 여정에서 "예수님의 일행에게 시중" 들며 함께 한 겸손한 여자들, 이들이 수련 같은 여자들 아니겠어요?

당신이여, 나는 수련이 좋아요. 꽃대궁 감춘 채 물 위로 고운 얼굴만 수줍게 내미는 꽃, 결코 나대지 않는 겸손의 꽃, 완전 무결한 꽃, 그래서 수련이 좋아요. 그래서 나도 수련 같이 살았으면 좋겠어요. 사랑으로 당신을 '시중' 들 듯 섬기며, 단 삼일만이라도 '열심히' 그렇게 사랑하다가 당신 품에 조용히 안겨 잠이 들면 참 좋겠어요.

까맣게 몰랐어요

언제 어디에서 한눈을 팔았는지
무엇에다 두 눈을 다 팔아먹었는지
나는 못 보고 타인들만 보였지
내 안은 안 보이고 내 바깥만 보였지

　유안진의 시 [내가 나의 감옥이다]예
요. '나는 못 보고', '내 안은 안 보이고'
오로지 '타인들만' 보였고 '내 바깥만'
보였대요. 한눈만 팔고 사는 줄 알았더니
두 눈 다 팔고 살았나 보대요. 그런 줄 까
맣게 몰랐대요. 그래서 '눈 없는 나를 바
라보는 남의 눈들 피하느라 / 나를 내 속
으로 가두곤' 했대요. 스스로 자기 감옥에
가두고 살았대요.

예수님께서 말씀하셨어요.

"그들은 말만 하고 실행하지는 않는다."

어떻게 살았는지 돌아보래요. "무겁고 힘겨운 짐을 묶어 다른 사람들 어깨에 올려놓고" 나는 손가락 하나 까딱 안 하며 살았니? 돌아보래요. "하는 일이란 모두 다른 사람들에게 보이기 위한 것"이었니? 돌아보래요. 네네, 하지 말고 이제부터는 "말"만 하지 말고 "실행"하며 살래요. 그런 말씀이에요.

당신이여, 위선과 허영으로 살았지? 알맹이 없이 쭉정이 같은 겉치레로 살았지? 당신이 그렇게 질책하시면 달게 받겠어요. 한눈 팔고 살다보니 그리 되었어요. 교만하고 욕정에 빠져 살았지? 스스로 자기 감옥에 가두고 살았지? 그렇게 질책하시면 달게 받겠어요. 한눈 팔고 사는 줄은 진즉 알았지만 두 눈 다 팔고 살아온 줄 까맣게 몰랐어요. 잘못 살았어요. 헛살았어요. 이제부터 당신이 이끄시는 대로 살아보도록 애써볼게요.

당신만이라도 제대로
사랑할래요

열. 셀 때까지 고백하라고

아홉. 나 한 번도 고백해 본 적 없어

여덟. 왜 이렇게 빨리 세?

············ (중략) ············

둘. 알았어

하나 반. 화내지 마 ······. 있잖아

하나. 사랑해

김남조의 시 [고백]이에요. 사랑이 이런 거겠지요. 고백이 이런 거겠지요. 더 이상 무슨 말을 덧붙일 수 없는 것, 아! 너무 깜찍하지 않나요?

154

예수님께서 말씀하셨어요.
"주 너의 하느님을 사랑해야 한다.
네 이웃을 너 자신처럼 사랑해야 한다."

하나. 널 사랑하시는 하느님처럼 너도 하느님을 사랑하래요. 하나의 반. 너 자신도 스스로 사랑하래요. 하나의 반의 반. 너 자신처럼 네 이웃을 사랑하래요. 하나의 반의 반의 반. 너의 너의 너도 사랑하래요. 세상 모든 피조물을 사랑하래요.

당신이여, 피붙이 사랑이 가까운 이웃사랑보다 크고, 가까운 이웃이 먼 이웃사랑보다 크다고 하면 저를 옹졸하다 하시겠지요? 하지만 어쩌겠어요, 저는 먼 이웃보다 가까운 이웃이, 가까운 이웃보다 피붙이에게 사랑이 더 가는 걸요. 당신은 저의 피붙이 같은 분이에요. 그래서 당신만이라도 제대로 사랑할래요. 저를 보아주세요. 제 가슴 이리도 기뻐 날뛰는 것을요. 기쁨에 겨우면, 즐거움에 겨우면, 언젠가 먼 이웃까지 사랑하게 될지 모르지 않겠어요? 그러니 당신만이라도 제대로 사랑할래요.

뜨거운 마음을 맞비비며

먹지도 않을 인간을
인간이 죽이는 것은 학살이다
땅을 먹으려거든
땅을 죽이는 것이 마땅하다
그것이 네 손 안에
하나 되는 평화에 가깝다

안상학의 시 [팔레스타인 1,300인-그들은
전사하지 않고 학살당했다]예요. '사자가 얼
룩말을, 매가 들쥐를' 죽이는 것은 먹기 위한
것이요, 그래서 '무차별 학살'은 하지 않지
만 '먹지도 않는 인간을 인간이 죽이는 것'은
'다수를 향한 살기를 품은' 학살이래요. '이
마에 총 맞은 팔레스타인 소년의 주검' 그리

고 '총구를 당기는…… 귀여운 손톱 / ……
미소 짓는 병사의 새하얀 송곳니'에서 절망
한대요. '절대 실망시키지 않는 절망'이래요.

예수님께서 말씀하셨어요.
"나는 평화가 아니라 칼을 주러 왔다"

먹지도 않을 인간을 죽이는 '절망'을 베어
버릴 칼을 주러 왔다 하시네요. '거짓평화'를
단칼에 베어 버리고 '참평화'를 누리게 하려
고 왔다 하시네요.

당신이여, 강아지가 쉬를 해요. 여기 찔끔
저기 찔끔 강가 산책길에 쉴 새 없이 쉬를 해
요. 전망 좋은 강가 땅이 몽땅 우리 강아지 땅
이에요. 한참 걷다가 '이제 집에 가자' 하면
그 많은 땅을 다 버린 채 앞장서 걸어 돌아와
요. 그리곤 내 살에 제 살 맞비비며 뒹굴뒹굴
행복해 어쩔 줄 모르다가 곤히 잠들지요. 더
없이 평화로운 모습이에요. 우리도 너와 나,
뜨거운 마음을 맞비비며 오늘도 평화롭게 잠
들면 좋겠어요.

몽땅 당신께 드릴게요

콩 하나를
여럿이 나눠 먹고
남은 것을
둠벙에 던지니
풍덩 소리가 나더라

지난날
어머니의 이야기

　김초혜의 시 [나누기] 전문이에요. 어린 시인에게 어머니는,
한 톨의 콩이라도 나눠 먹으라, 여럿이 나눠 먹으라, 그렇게 가르
치셨군요. '남은 것을 / 둠벙에 던지니 / 풍덩 소리가 나더라' 덧
붙이시며 나눔의 보람을 깨우쳐주셨군요. '지난날 / 어머니 이야
기'를 지금도 기억하며 살아가게 참으로 곱게 키우셨군요.

성경의 말씀이에요.

"예수님께서 하늘을 우러러 찬미를 드리신 다음 빵을 떼어 제자들에게 주시니, 제자들이 그것을 군중에게 나누어 주었다." (마태 14,19)

당신을 따르는 엄청난 군중을 먹일 양식이 없을 때, 당신은 사람들이 내놓은 "빵 다섯 개와 물고기 두 마리"로 찬미를 드리신 다음 제자들에게 그것을 군중에게 나누어 주게 하셨대요. 모두 배불리 먹었는데도 "남은 조각을 모으니 열두 광주리에 가득 찼다" 하지요.

당신이여, 시인이 '콩 하나를 / 여럿이 나눠 먹고 / 남은 것을 / 둠벙에 던지니 / 풍덩 소리가 나더라' 하였듯이 콩 하나라도 나눠 먹으려는 마음, 이 보잘것없지만 선한 우리 마음이 기적을 일으키는 도구일 수 있음을 알게 되었어요. 이런 우리 마음이 온전히 바쳐질 때 세상을 구원할 양식, 영원한 생명의 양식을 비로소 만들어 주심을 알게 되었어요. 자! 당신이여, 한 톨의 콩알에 불과한 저이지만 저 자신을 몽땅 당신께 드릴게요. 받아주세요.

오매, 너는 어쩜 이토롬 곱대야

목어를 두드리다
졸음에 겨워
고오운 상좌 아이도
장이 들었다.
부처님은 말이 없이 웃으시는데
서역만리 길
눈부신 노을 아래
모란이 진다.

조지훈의 시 [고사] 전문이에요. 놀빛에 정
토인 양 고즈넉한 오래된 사찰의 풍경이네요.
목어 두드리던 '고오운 상좌 아이'가 그만 잠
들었네요. 목어를 두드리는 건 물고기처럼 항
상 눈을 뜨고 깨어 있으라는 계율인데, 어쩌지
요? 헌데 부처님은 말없이 웃으시기만 하시네
요. 그저 지는 모란에 놀빛이 눈부시게 곱기도
곱네요.

예수님께서 말씀하셨어요.
"불행하여라, 너희 눈먼 인도자들아!"

수없이 맹세하건만 한낱 헛맹세일 뿐일 때, 수없이 희망을 품건만 계율에 얽매일 뿐일 때, 수없이 사랑한다 하건만 의혹을 품을 뿐일 때, "불행"하대요. 그런 "눈먼" 길을 따르면 "불행"하대요.

당신이여, 믿음의 맹세만 하게 해주세요. 열린 마음으로 자유를 희망하게 해주세요. 참된 열정으로 사랑하게 해주세요. 잿밥에 빠지지도, '성전의 금'이나 '제단의 예물'에도 빠지지 않는 순수한 믿음을 지니게 해주세요. 비 흩뿌리는데도 흙 고르며 꽃 한 송이 피우려는 희망으로 살게 해주세요. 서역만리 비탈길을 목어 들고 뛰느라 숨차 헐떡이는 열정으로 사랑하게 해주세요. 그러다 '졸음에 겨워 / 고오운 상좌 아이'처럼 잠이 들어도 그저 웃으시면서 한 말씀만 해주세요.
'오매, 너는 어쩜 이토롬 곱대야'라고.

제비꽃같이 조그마한
그 계집애가

제비꽃같이 조그마한 그 계집애가
꽃잎같이 하늘거리는 그 계집애가
지구보다 더 큰 질량으로
나를 끌어당긴다.

　　김인육의 시 [사랑의 물리학] 부분이에
요. '제비꽃같이 조그마한' 계집애, '꽃잎
같이 하늘거리는' 계집애, 그 계집애가 글
쎄 '나를 끌어당긴다.'네요. '지구보다 더
큰 질량으로 나를 끌어당긴다.'네요. 순
간, '쿵 소리를 내며 쿵쿵 소리를 내며' 나
는 '뉴턴의 사과처럼 / 사정없이 그녀에
게로 굴러 떨어졌다.'네요. '첫사랑이었
다.'네요.

예수님께서 말씀하셨어요.
"너희는 썩어 없어질 양식을 얻으려고 힘쓰지 말고, 길이 남아 영원한 생명을 누리게 하는 양식을 얻으려고 힘써라."

배불리 먹을 것만큼 양이 많으면 뭐해? '질량의 크기는 부피와 비례하지 않는다.' 하듯이 "썩어 없어질 양식"이 많은 건 헛되지. 그러니 "길이 남아 영원한 생명을 누리게 하는 양식"을 얻으려고 힘써야겠지. 예수님 말씀이 이런 뜻이겠지요.

당신이여, 당신은 고 조그마한 계집애를 아시나요? 길이 남아 영원히 '심장이 / 하늘에서 땅까지 / 아찔한 전자 운동'을 계속할 것 같이 '지구보다 더 큰 질량으로 나를 끌어당긴다.'는 고 계집애를 당신은 아시나요? 전 알아요. 저를 '뉴턴의 사과처럼 / 사정없이 그녀에게로 굴러 떨어졌다.' 하는 고 계집애가 글쎄 당신이잖아요! "길이 남아 영원한 생명을 누리게 하는 양식" 같은 고 계집애가 바로 당신이잖아요!

퐁당퐁당 당신의 속삭임

달밤
달이 밝아서

연잎 위에
청개구리

"퐁당"
달 따라 가네.

박용열의 시 [달밤] 전문이에요.

성경의 말씀이에요.
"저더러 물 위로 걸어오라고 명령하십시오."
(마태 14,28)

맞바람에 파도가 일렁거려 두려워하는 제
자들에게 예수님께서 물 위를 걸어오시며 말
씀하셨지요. 용기를 내라고요. 두려워하지 말
라고요. 이때 베드로가 용기를 내어 두려움을
떨쳐 버리고 예수님께 청해서 물 위를 걷지
요. 그런데 갑자기 부는 거센 바람에 베드로
는 용기를 잃지요. 두려움을 갖지요. 그리고
는 물속에 '퐁당' 빠지고 말지요. 주님을 잊
은 거지요.

당신이여, 내 마음 연못 속의 당신을 따려
고 '퐁당' 뛰어들어 보아요. 당신은 여적 연
못 속에 있네요. 내 마음 삼세번에 삼세번 더
'퐁당' 뛰어들건만 당신은 여태 연못 속에 있
네요. 그래서 나는 하늘의 달과 물속의 달과
술잔 속의 달을 원샷! 해요. 하늘의 당신을
딸 수 없을 것 같았는데, 어쩜 내 안에 당신이
가득해지네요. 당신은 달, 나는 청개구리. 비
로소 당신과 나, 하나가 되었어요. 이제 당신
은 미풍이 되어 나를 감싸 안고 나를 잠재우
네요. 내 고운 꿈속에 용기를 내라는, 두려워
하지 말라는, 당신의 속삭임이 '퐁당퐁당' 들
려요.

수많은 별 중에
하나의 별이 되어

사람들이 순하게 사는지
별들이 참 많이 떴다.

도종환의 시 [어떤 마을]의 부분이에요. 이 마을은 어떤 마을일까요? 아마 법 없이 산다는 사람들이 밤하늘 별만큼이나 많이 사는 사랑의 마을이겠지요. 어깨 위에 내리는 햇살에 황홀해 하는 존 덴버 같은 이들이 사는 곳일 거예요. 존 덴버는 '아마도 사랑은 휴식처인 것 같아요'라고 노래했지요. 바로 그 사랑의 휴식처가 이 마을일 거예요.

예수님께서 말씀하셨어요.
"용기를 내어라. 너는 죄를 용서받았다."

사람들이 환자를 평상에 뉘어 데려와
지붕을 뚫고 예수님께 내려 보내자 예수
님께서 이렇게 말씀하신 거예요. 환자를
메고 온 사람들의 갸륵한 마음을 아신 거
예요. 지붕을 뚫고라도 환자를 예수님께
맡기려는 사람들의 믿음과 정성을 아신
거예요. 이런 마을이 바로 '별들이 참 많
이 떴다'는 그런 마을일 거예요.

당신이여, 당신과 나, '별들이 참 많이
떴다'는 그런 마을에서 밤이면 별 헤고
낮이면 반짝! 햇살 한 스푼 먹으며 소꿉
장난하듯 그렇게 살았으면 참 좋겠어요.
아니, 나 자신이 수많은 별 중에 하나의
별이 되어 당신 빛만을 머금으며 반짝!
당신 빛만을 내비치며 살았으면 참 좋겠
어요.

당신께 갈게요, 꽃 지기 전에요

이 일만 하고 나서
이 일만 끝내고 나면
꽃구경 가자

꽃은 지고

김초혜의 시 [일생동안] 전문이에요. '이 일만 하고 나서 / 이 일만 끝내면' 그러다가 꽃구경도 못해 본 채 '꽃은 지고' 말았대요. 하늘이 주신 달란트를 땅에 숨겨둔 채 써보지도 못한 채 인생도 지고 만대요. '일생동안' 그렇게 살다 지는 게 인생인가 싶대요.

예수님께서 말씀하셨지요.
"네가 작은 일에 성실하였으니 와서
네 주인과 함께 기쁨을 나누어라."

'이 일만 하고 나서 / 이 일만 끝내면' 그렇게 살지 말고 당장 이 시간에, 당장 이곳에서 "작은 일에 성실"하며, 늘 축복에 감사하고 무조건 사랑을 나누면 "잘하였다, 착하고 성실한 종아!"라시며 도장 콱 찍어주신대요. "와서 네 주인과 함께 기쁨을 나누어라" 하시며 불러주신대요. 째지게 기분 좋지 않겠어요?

당신이여, 우리는 천부적으로 '사랑할 수 있는 능력'을 받고 태어난다지요? 하늘로부터 엄청 큰 사랑을 받고 태어난다지요? 당연히 축복이지요. 허나 이 능력은 '사랑해야 하는 의무'라는 의미를 내포하는 것이 아닐까요? 당연히 버거운 십자가이지요. 허나 받은 능력껏 사랑할게요. 지워진 십자가 버겁다손 해도 사랑으로 짊어지고 당신께 갈게요, 꽃이 지기 전에요.

제6부

하늘의 보물꽃

별 하나 나 하나의 섭리

저렇게 많은 중에서
별 하나가 나를 내려다본다.
이렇게 많은 사람 중에서
그 별 하나를 쳐다본다.

　김광섭의 시 [저녁에]예요. '이렇게 정다운 / 너
하나 나 하나는 / 어디서 무엇이 되어 / 다시 만나
랴'라는 절구로 회자되는 시에요. '저렇게' 별들
이 많네요. 그 중에서 어쩜 '별 하나가 나를 내려
다'보네요. '이렇게' 사람들이 많네요. 그 중에서
어쩜 나 하나가 '그 별 하나를 쳐다'볼까요? 별
이 나를 선택하고 내가 또한 그 별을 선택한 걸까
요? 아니면 태곳적 '너 하나 나 하나는' 혈연이나
어떤 인연이 있었던 걸까요?

예수님께서 말씀하셨어요.
**"내 어머니와 내 형제들은
하느님의 말씀을 듣고 실행하는
이 사람들이다."**

혈연으로 "내 어머니"라 할 수 없대요. 혈연으로 "내 형제들"이라 할 수 없대요. "하느님의 말씀을 듣고 실행"하는 이들 모두가 내 어머니이고, 내 형제들이래요.

당신이여, '저렇게' 많은 별 중에 어쩜 '별 하나가 나를 내려다'볼까요? '이렇게' 많은 사람 중에 어쩜 나 하나가 '그 별 하나를 쳐다'볼까요? 선택일까요? 혈연이나 어떤 인연일까요? 당신은 말씀하셨지요. 아니라고요. 그런 게 아니라고요. 섭리라고 하셨지요. 당신 말씀 잘 듣고 섭리를 잘 따를게요. 당신 속삭임 잘 듣고 당신이 비춰주신 사랑의 별빛을 둘레에 두루 나눠줄게요. 먼먼 훗날에도 당신은 '나를 내려다'봐주세요. '나 하나'는 다시 '그 별 하나를 쳐다'볼게요. 우리 그렇게 다시 만나요. 섭리이니까요.

이제부터라도

강은,
어젯밤부터
눈을 제 몸으로 받으려고
강의 가장자리부터
살얼음을 깔기 시작한 것이었다.

안도현의 시 [겨울 강가에서]예요. 강은 왜
살얼음을 깔까요? '눈을 제 몸으로 받으려고'
그러는 거래요. 사랑은, 자신을 한껏 낮추며
살얼음을 까는 거래요. 사랑은, 제 온몸으로
당신을 받아 안으려는 거래요.

성경의 말씀이에요.
**"예수님께서는 하느님의 나라를 선포하고,
병자들을 고쳐 주라고 제자들을 보내셨다."**
(루카 9,2)

하느님의 나라를 선포하래요. 사랑으로 사랑의 복음을 전하래요. 그리고 난 후에 "병자들을 고쳐 주라" 하셨어요.

당신이여, '빈자들의 아버지' 빈첸시오 성인의 일생을 다룬 영화를 보고 감동해서 이분을 닮아 '병자들을 고쳐 주라'고 저에게 주신 소명을 이뤄보고자 마음먹었어요. 하지만 꿈 같아서 꿈에서 깼어요. 하다가 성미가 아주 급하셨던 분, '딱딱하고 쌀쌀하며 거칠고 까다로운' 분, 그런 분이 이토록 감동적인 삶을 사신 것은 자신을 낮춤으로써 가능했다는 것을 알게 되자 저도 이제부터라도 낮춤부터 배우자고 생각했어요. 이분의 삶이 빈자들을 위해 섧게 우시며 주는 사랑이었음을 알게 되자 저도 이제부터라도 주는 사랑으로 살아보자 생각했어요. 허나 생각뿐이지 이제까지도 "가장자리부터 살얼음을 깔기 시작"도 못했어요.

당신이여, 저는 정녕 안 되는 걸까요?

여백

새 한 마리만 그려 넣으면
남은 여백 모두가 하늘이어라

이외수의 시 [화선지]예요. 덧칠하면 '여
백'이 구차해질까 저어해지는 깔끔한 선어
(禪語)에 마음이 '하얗게 비워'지고 마음에
'평안의 여백'이 묵향(墨香)처럼 번져오지
않나요? 시인은 여백에서 오는 희망을 노래
했어요. '내 마음에 새를 살게' 하면 '나는 하
늘'이 될 것이라고요.

예수님께서는 말씀하셨어요.
"사람의 아들은 안식일의 주인이다."

마음은 비울수록 '평안의 여백'으로부터 행복할 터인데, 왜 율법의 안식일을 고집하느냐, 인간적인 사랑의 안식일이며 사람의 안식일이어야 하지 않겠느냐, 하신 말씀이지요. 평등, 공정, 정의는 율법의 글자 하나하나에 연연하며 엄격한 규제로 빽빽이 채워간다고 이뤄지는 것이 아니라 여백에서 오는 희망으로부터 싹틈, 자람, 맺음이 이뤄지는 것이라고 하신 말씀일 거예요.

　당신이여, 당신이 한 마리 새가 되어 내 안에 계셔주실래요? 그러면 영광스럽게도 '나는 하늘'이 될 거예요.

　당신이여, 이제 내가 새가 되고 당신은 당신의 그림자로 내 안에 여백이 되어주실래요? 그러면 내 날개 그림자가 두려워질 때마다 당신 그림자 안에 날아들어 내 그림자 없애고 평안해질 거예요. 당신은 새, 당신이 노래하시면 나도 따라 노래하며 행복해질 거예요. 당신은 여백, 그 무한한 단순함 속에서 나는 참 자유로워질 거예요.

엄마

아이를 키우는 것이 어찌 사람뿐이랴
저 너른 들판, 산, 그리고 나무
패랭이풀, 돌, 모두가 아이를 키운다.

　　김완하의 시 [엄마]예요. 아이를 키우는 것
은 사람뿐이 아니래요. 들, 산 그리고 나무와
풀, 심지어 돌까지 우주의 '모두가 아이를 키
운다.' 하네요. 그래서 우주의 모든 것이 '엄
마'래요. 당연히 우주의 주재자이신 하느님
께서도 아이를 키우시지요. 그래서 하느님도
'엄마'이겠지요.

　　예수님께서 말씀하셨어요.
"내가 바라는 것은
희생 제물이 아니라 자비다."

큰 아우름의 사랑을 바라신다는 말씀이지
요. 이런 '두루 사랑'이야말로 모든 사랑 중
에 가장 값진 사랑임을 깊이 깨닫고 서로 사
랑하라는 말씀이지요. 하느님께서 '엄마'처
럼 자비로우시듯 너희도 피붙이든 가까운 이
든 같은 종족이든 가름하지 말고 '엄마'가 되
어 자비로워지라는 말씀이지요.

당신이여, 거룩한 당신을 사랑해요. 그리고
성령께서 부어주신 신적 생명으로 거룩한 영
이 된 모든 이들을 사랑할게요. 그리고 거룩
하게 살게요. 돈 보스코 성인은 '거룩함은 행
복하게 사는 데 있다.' 하면서 행복하게 살려
면 주신 씨앗이 기쁨, 행복, 평안의 열매를 맺
도록 '우리 몫'을 다해야 한다고 말하였대요.
갓난아기에게 엄마 젖이 필요하듯 씨앗을 틔
우고 키우려면 신령한 젖이 필요하니 저에게
당신의 젖을 물려 거룩한 열매를 맺게 해주
세요. 사슴이 시냇물을 찾듯 갓난아기가 엄
마 젖을 찾듯, 당신의 젖에 갈급하오니 당신
은 저의 '엄마'가 되어주세요.

영소와 노파

저수지에 빠졌던 검은 영소를 업고
노파가 방죽을 걸어가고 있다
등이 흠뻑 젖어들고 있다
가끔 고개를 돌려 영소와 눈을 맞추며
자장가까지 흥얼거렸다.

박서영의 시 [업어준다는 것]이에요. 세상
에나! 물에 빠진 염소가 가엾다고 업고 가다
니요. 젊은이도 아닌 노파가 얼마나 힘겨우
면 '등이 흠뻑 젖어' 들었을까요. 헌데도 '가
끔 고개를 돌려 염소와 눈을 맞추며 / 자장가
까지 흥얼거렸다.' 하네요. 염소와 노파, 이렇
게 하나가 된 모습이 너무 정겹지 않나요?

예수님께서 말씀하셨지요.
"가서 너도 그렇게 하여라."

"누가 저의 이웃입니까?" 하는 질문에 예수님께서는 "나의 이웃이 누구인가?"가 아니라 "누가 나의 이웃인가?"라는 마음을 가져야 한다 하시며 "가서 너도 그렇게 하여라." 말씀하신 거예요. 결국 '업히는 것'보다 '업어준다는 것'이 참사랑이라는 말씀인가요?

당신이여, '업히는 것'보다 '업어준다는 것'이 참사랑이라 하지만 나는 당신께 업히고 싶어요. 시인은 '업어준다는 것'은 '희고 눈부신 그의 숨결을 듣는' 것, '그의 감춰진 울음이 몸에 스며'드는 것이라고 했지만 나는 당신 등에 업혀서 당신의 고운 숨결을 내 가슴으로 듣고 싶어요. 나는 내 가슴에 깊이 감춰진 사랑앓이의 울음을 당신 등에 다 쏟아놓고 싶어요. 그래서 가장 평화로운 마음으로 업힌 채 새근새근 아가처럼 잠들고 싶어요. 당신과 나, 이렇게 하나가 되고 싶어요.

사이와 틈

모래보다 더 많은 것이 있다
모래와 모래 사이다

　이문재의 시 [사막]에 나오는 구절이에요.
너도 나도 다 모래다. 그래서 우리는 '사막'
이다. 모래뿐이기에 모래와 모래 '사이'가 너
무 많다. 그래서 우리는 삭막하다. 그래서 우
리는 '사이'를 메우고 기름지게 할 '사랑'을
끝없이 간구해야 한다, 이런 내용의 시가 아
니겠어요?

　예수님께서 말씀하셨어요.
"너희는 세상의 소금이다.
그러나 소금이 제 맛을 잃으면
무엇으로 다시 짜게 할 수 있겠느냐?
아무 쓸모가 없으니 밖에 버려져
사람들에게 짓밟힐 따름이다."

우리 모두가 다 모래로 존재할 뿐이라면 그 '사이'를 어떻게 메울 수 있겠어요? 누군가가 소금이 되어줘야 하지 않을까요? 이 소금 같은 존재는 이물질로 배척되겠지만 그래도 누군가는 맛을 잃지 않는 소금으로 남아 있어야겠지요.

당신이여, 인간사에 '사이'가 많으면 얼마나 삭막하겠어요? 그렇다고 덩이져 굳을 대로 굳어 '틈'이 없으면 얼마나 각박하겠어요? 삭막 중에 풀꽃 하나 자랄 수 있을까요? 각박 중에 사랑 하나 싹틀 수 있을까요? 당신이여, 우리는 우리의 '사이'를 하나씩 메워나가요. 서로가 소금이 되고 사랑이 되어 메워나가요. 그러나 서로가 서로의 존재를 존중하면서 아름다운 '틈'은 간직해 나가요. 저는 그 '틈'에서 오늘도 예쁜 사랑 하나 기를 터예요.

This love is yours.

봄꽃 피어나게 하는 사람

봄은
어디서 오냐고 묻는
두 돌이 막 지난
재면아

그래, 봄은
네게서 온단다.

　　김초혜의 시 [봄은 어디서 오나요]예요. 시
인은 [변명]이라는 시에서 '마음의 덮개가 /
열리고 닫히는 것은 / 귀신도 / 못 봤습니다.'
라고, 사랑은 그렇게 오는 거라고 했는데, 봄이
어떻게 오나 했더니, 아! 시인은 '귀신도' 모
르게 오는 거라 하는군요. 봄은 어디서 오나 했
더니, 아! 시인은 바로 '네게서' 오는 거라 하
는군요.

예수님께서 말씀하셨어요.
**"어린이들이 나에게 오는 것을 막지 마라.
사실 하늘나라는 이 어린이들과 같은
사람들의 것이다."**

봄을 안겨주는 아가가 하늘나라 아가래요. 아가에게서 봄을 느끼는 이가 하늘나라 사람이래요. 네가 있어 봄이 찾아왔다고, 네가 있어 봄꽃이 피었다고, 그렇게 황홀해 하는 이에게는 "하느님의 나라가 이미 너희에게 와 있는 것"이라 하신 말씀이시네요.

당신이여, 삭풍 몰아치는 엄동설한 내 마음을 온통 차지한 아가, 나를 황홀하게 하고 나를 멋지게 하는 아가, 내 가슴에 봄꽃 피어나게 하는 아가, 따사로운 봄바람으로 나를 편케 해주는 아가, 아! 이 하늘나라 아가가 바로 당신이셨군요. 내 안에서 나를 움직이는 것이 내가 아니고 바로 하늘나라 당신이셨군요. "좋아해! 좋아해!" 당신이여, 아! 나 어쩜 좋아요?

한없이 고운, 나의 당신이시여

꽃 지는 그림자
뜰에 어리어

하이얀 미닫이가
우련 붉어라

조지훈의 시 [낙화]예요. '꽃이 지기로
소니 / 바람을 탓하랴'로 시작해서 '꽃이
지는 아침은 / 울고 싶어라'로 끝나는 9행
의 시예요. 시인은 꽃이 진다고 바람을 탓
하지 않네요. 그저 울고만 싶대요.

[루카복음]에 어느 여인이 예수님께 이
런 말을 했다고 기록되었어요.
"선생님을 배었던 모태는 행복합니다."

성모님 한평생은 어떠하셨나요? 외아들 예수님의 수난과 죽음을 온몸으로 겪으셨으니, 그 비통함이 어떠하셨을까요? 그저 '울고 싶어라' 하셨겠지요? 헌데도 오로지 주님의 종으로서 "말씀하신 대로 저에게 이루어지기를 바랍니다." 하시며 사셨지요. 성모님 한평생은 '우련 붉어라', 이 말 한 마디뿐이네요.

당신이여, 내 어머니는 늘 말씀하셨어요. 내 살아온 걸 엮으면 한 권의 소설책이 될 거라고요. '어떤 눈물은 너무 무거워서 / 엎드려 울 수밖에 없다'는 시처럼 그렇게 한이 맺혔는데도 '바람을 탓하랴' 하며 사셨어요. 짊어진 무게도, 수많은 걸림돌도 탓하지 않으시고 용서와 화해의 빛을 잃지 않으신 거지요. 그 빛은 서럽도록 아름답고 시리도록 뜨겁게 우련 붉은 놀빛 같아서 오늘의 나를 키워주신 거예요. 아! 한없이 고운, 나의 당신이시여, 나를 키워주신 당신이여, 사랑해요.

그러면 안 되나요?

꽃의 아름다움
마음의 아름다움
그렇다
떨어진들 어떠리
우리 사이엔 겨울에도 꽃이 있는 걸

　　김광균의 시 [꽃]의 마지막 연이에요. 김
영랑은 '모란이 뚝뚝 떨어져' 자취마저 사라
지면 '하냥 섭섭해 우옵'지라도 모란이 피기
까지 기다리겠다고 했어요. '찬란한' 기다림
이 참 아름답지요? 김광균은 꽃이 '떨어진
들 어떠리' 하였어요. 우리 마음에는 '겨울
에도 꽃이 있는' 까닭이래요. 찬란한 아름다
움은 마음에서 비롯된다는 시인의 마음이 참
아름답지요?

[요한복음]의 말씀이에요.

"마리아 막달레나는 제자들에게 가서 '제가 주님을 뵈었습니다.' 하면서, 예수님께서 자기에게 하신 이 말씀을 전하였다."

마리아 막달레나가 그리움에 복받쳐 흐르는 눈물, 슬픔의 눈물, 회개의 눈물, 회한의 눈물을 흘리며 울고 있을 때, 들리는 예수님의 정겨운 음성 "마리아야!" 아, 눈물의 기다림은 '찬란한' 시간이었겠지요? '겨울에도 꽃이 있는' 까닭에 희열에 복받쳐 눈물 흘리며 제자들에게 달려가 "제가 주님을 뵈었습니다." 전하는군요. 참 아름답지요?

당신이여, 꽃 져도 '아즉 기둘리고' 있을래요. 당신을. '찬란한' 그날, 기쁨에 겨워 오로지 한마디 "라뿌니!", 이 말을 할 그날을 기다릴래요. 당신을. 서럽거나 외롭거나 힘들거나 그리고 그저 당신이 그리울 때, 그럴 때마다 하늘을 쳐다보며 기다릴래요. 그러면 안 되나요? 하늘 보며 '우리 사이엔 겨울에도 꽃이 있는 걸', 그렇게 소리치며 기다릴래요. 그러면 안 되나요?

하늘의 보물꽃

네가 몰라도 좋지
사랑은 혼자 피는 꽃이니까
어쩌다 들켜도 좋지
사랑은 혼자 피기엔 아까운 꽃이니까

구자형의 시 [사랑은 쉽게 들킨다]예
요. '사랑은 혼자 피는 꽃'이래요. 그래서
네가 몰라줘도 좋대요. 어쩌다 들키면 눈
물 흘리는 꽃이래요. '사랑은 혼자 피기엔
아까운 꽃'이니까 그렇대요.

예수님께서 말씀하셨어요.
**"네가 완전한 사람이 되려거든
너의 재산을 팔아라. 그러면 네가
하늘에서 보물을 차지하게 될 것이다."**

나 같은 사람 있으면 나와 보라고 그래.
계명을 다 지켰다고. '아직도 무엇이 부족
해?' 그러자 예수님께서 말씀하신 거예요.
가서 너의 탐욕을 버리고 사랑을 나눠주
어라. "그리고 와서 나를 따라라."
　당신이여, 개똥같이 살았어요. 어느 시
처럼 '온기 있어 똥파리 낄 땐 / 인기 있는
줄' 알고, '오가는 이들이 피해갈 땐 / 제
무서운 줄' 알며, 나 같은 사람 있으면 나
와 보라고 해, 그렇게 살았어요. 그러면서
살았어요. 그게 권위 있는 본새인 줄 우쭐
우쭐 살았어요. 당신이시여, '참된 권위'
이신 당신이시여, 혼자 꽃피우며 키득키득
좋아라 웃는 꽃이 되게, 어쩌다 들키면 눈
물 흘리는 꽃이 되게, 하늘의 보물꽃이 되
게, 그런 꽃이 되게 해주세요.

오직 한 번, 오로지 당신만

별까지는
간짓대 하나만큼이 모자랐습니다
가도 가도 꼭 그만큼의 거리에서
혼자서는 다다를 수 없는
안타까운 거리에서
별은 늘 빛나고 있습니다.
그대
먼 내 사람

　오영해의 시 [별을 따며]예요. 산마루에 서면 '간짓
대 하나로도 별을 한 구럭쯤 딸 것' 같았는데, 막상 산
봉우리에 올라서 보니 '별까지는 / 간짓대 하나만큼'
모자라더래요. '가도 가도 꼭 그만큼' 모자라더래요.
그래서 그대는 안타까운 거리에서 늘 빛나고 있대요.
아! '그대 / 먼 내 사람'아.

예수님께서 말씀하셨어요.
"어떤 것들은 좋은 땅에 떨어져 열매를 맺었는데,
어떤 것은 백 배, 어떤 것은 예순 배,
어떤 것은 서른 배가 되었다."

길에 떨어진 씨는 새 먹이가 되듯이 말씀을 듣고 깨닫지 못하면 들은 말씀마저 빼앗길 것이고, 돌밭에 떨어진 씨는 말라버리듯이 말씀을 듣고 기쁘게 받지만 뿌리가 없으면 환난이나 박해를 이겨내지 못하고, 가시덤불 속에 떨어진 씨는 숨이 막히듯이 말씀을 듣기는 하지만 세상 걱정과 재물의 유혹에 숨이 막혀 열매를 맺지 못한다고 하시며, 말씀을 듣고 깨닫는 이만이 열매를 풍성히 맺을 거라고 하신 거예요.

당신이여, 늘 간짓대 하나만큼 모자라 닿지 않는 당신이여, '가도 가도 꼭 그만큼' 닿지 않는다 해도 황홀하고 아름다운 당신 품에 안겨 서른 배, 아니 예순 배, 아니 백 배, 사랑을 사랑답게 만드는 눈물로 가득 차 살 거예요. 그렇게 되기까지 간짓대 들고 나설 거예요. '그대 / 먼 내 사람'이여, "Once, only once and for one only" 나의 오열의 기도 들어주세요.

당신을 '어부바!' 하며
세상의 강을 건널 수 없을까요?

물 밑의 모래가
여인네의 속살처럼
맑아 온다.
잔 고기떼들이
생래(生來)의 즐거움으로
노닌다.
황금(黃金)의 햇발이 부서지며
꿈결의 꽃밭을 이룬다.
나도 이 속에선
밥 먹는 짐승이 아니다.

　구상 시인의 [그리스도 폴의 강(江) 1]이에요. 안개가 자욱
한 아침 강은 태고의 공간이요, 분별없이 하나 되는 공간이지요.
'여인네의 속살처럼' 순수함과 '잔 고기떼들'의 역동이 공존하
는 공간이요, '햇발이 부서지는' 강이 '꿈결의 꽃밭'으로 변신하
는 환상의 공간이지요. 이런 강가에서 인간이 어찌 '밥 먹는 짐

승’으로 살아갈 수 있겠어요!

예수님께서 말씀하셨어요.
"누구든지 내 뒤를 따라오려면,
자신을 버리고 제 십자가를 지고 나를 따라야 한다."

악행을 저지르며 향락에 빠져 살다가 회심하여 강가에 살면서
사람들을 업어 강을 건네주며 수행하던 어느 날 조그마한 어린이
가 강을 건너달라고 하여 아이를 업고 강을 건너는데 물속 깊이
들어갈수록 점점 무거워져 겨우 강을 건너 아이를 내려놓자 그 아
이가 바로 예수님이셨대요. 아기예수님께서 말씀하셨대요. ‘네가
나를 업고 가는 인생은 이처럼 고되고 힘들 것이다.’라고요.
아기예수님을 업어 강을 건넌 이를 ‘그리스도(Christo)’를 ‘멘
(Phorus)’ 자라 하여 ‘크리스토포루스(Christophorus)’라 부른
대요. 순교하여 성인이 된 자이며, 구상의 시 ‘그리스도 폴’이지
요! 허나 그리스도 폴처럼 산다는 게 쉽지 않대요. 구상 시인도
‘당신처럼 그렇듯 순수한 마음으로 / 남을 위하여 시중을 들 / 지
향(志向)도 정침(定針)도 못 가졌습니다. /……/ 당신처럼 세상
일체를 끊어버리기는커녕 / 욕정의 밧줄에 칭칭 휘감겨’ 산다고
하였어요. "자신을 버리고 제 십자가를 지고 나를 따라야 한다."
는 그 말씀이 이토록 힘 드는 거래요.
아, 당신이여!
당신을 ‘어부바!’ 하며 세상의 강을 건널 수 없을까요?

새 날아간 허공

불쾌하고 섭섭한 마음
누르고 있는데

새가 날아간 허공
오십보 백보
다
거기서 거기인 것을

오히려
내 마음이
부끄러워져
그냥
픽 웃고 만다.

　　　내 조카 신정숙의 시 [오십보 백보]예요. '새가 날아간 허공',

참으로 놀라운 이 한 줄의 절구에, 나는 전율했어요. 세상적인 것에 얽매임, 미련에 얽매임 때, 그때마다 나는 허공을 보지요. 이 시에 감동한 후부터요.

예수님께서 말씀하셨어요.
"쟁기에 손을 대고 뒤를 돌아보는 자는
하느님 나라에 합당하지 않다."

예수님께서 예루살렘을 향해 가고 계실 때, 세 유형의 사람을 만나요. 충동적인 사람, 세상적인 것에 얽매인 사람, 미련을 버리지 못하는 사람이에요. 그때마다 말씀하셨어요. 당신을 따르려면 삶의 터전조차 없이 떠돌며 희생해야 함을, 하느님의 나라를 알리는 것이 당신을 따르는 자의 길임을, 그리고 당신을 따르는 데는 그 어느 것도 방해가 되어서는 안 된다는 것을요.

서산대사는 '천만 가지 생각이 모두 붉은 화로에 내린 한 점 흰 눈(紅爐一點雪)'이라는 임종게를 남겼지요. 내 몸 역시 한낱 환영이고 살고 죽는 것도 한낱 꿈일진대 무슨 미련 그리 많아 쟁기질하며 뒤만 돌아보는 걸까요? 무슨 아집 그리 버리지 못하여 불쾌함, 섭섭함 누르고만 있는 걸까요?
당신이여, 당신 그리울 때마다 나는 허공을 볼래요. 새 날아간 텅! 빈 하늘을요. 세상 사람들 뭐라 한들 그냥 픽 웃으면 순간 텅! 허공일 테니까요.

첫사랑

수건으로 예수의 얼굴을 닦은
베로니카의 얼굴은 온통 젖어 있고
큰 용기도 사랑이 그 뿌리인 것을
그리고 큰 사랑은 큰 슬픔인 것을
비에 젖은 눈물로써 보여주고
눈물처럼 땀방울처럼
우산 끝에서는 빗물이 흐른다.

　신정숙의 시 [십자가의 길] 일부예요. 가을
비 내리는 어느 날 우산을 촉촉이 적시며 십
자가의 길을 따라 걸으며 쓴 시래요. 내 조카
인 시인은 십자가의 길을 가겠대요. '몇 번이
고 넘어지면서도 끝끝내 걸어가야' 하겠대
요. 왜 이토록 '고통에 가득 찬 길'을 가겠다
는 걸까요? '신의 아들 인간 예수가 그렇게
걸어갔기 때문'이래요.

성경에 이런 말씀이 있어요.
"'나를 따라라.'
그러자 마태오는 일어나
예수님을 따랐다." (마태 9,9)

그분은 처음 본 순간 마태오의 사람됨을 알아보시고 "나를 따라라" 하셨대요. 마태오는 그분을 처음 본 순간 불에 타는 것 같고 가슴이 떨렸대요. 이미 예감했대요. 사랑에 빠질 것을요. 그래서 아무 말 안 하고 "일어나 그분을 따랐다"지요.

마태오는 처음 본 순간 이미 첫사랑에 빠진 거예요. 그러니까 베로니카도, 나도 첫사랑에 빠진 거겠지요.

오, 나의 사랑이신 당신이여, 마태오에게 어느 날 이런 사랑이 뜻밖에 찾아온 것처럼 나의 앞길을 이끌 섭리의 손길을 나는 믿어요. 설령 '고통에 가득 찬 길'일지라도 '결국 사랑에 이르는 길'이기에 이 섭리의 손길에 날 온통 맡길 거예요.

나 하나만이라도

그래서 한 방울의 물이 흐려지면
그만큼 강은 흐려지고
한 방울의 물이 맑아지면
그만큼 강이 맑아진다.

구상의 시 [그리스도 폴의 강(江) 60]이에
요. '한 방울의 물'이 모여 강을 이루기에 '강
은 크낙한 / 한 방울의 물'인 것처럼 하나의
사람이 모여 이루어진 인간세상도 '크낙한'
하나의 사람인 거래요. 그래서 한 방울 물의
흐려짐과 맑아짐에 따라 강도 흐려지고 맑아
지듯 '한 사람의 죄'나 '한 사람의 사랑'으로
인간세상도 더렵혀지기도 하고 아름다워지
기도 한다고 했어요.

예수님께서 말씀하셨어요.
**"겨자씨는 나무가 되고
하늘의 새들이 그 가지에 깃들인다."**

예수님께서는, 하늘나라는 누룩 같다, 밭에 숨겨진 보물 같다, 좋은 진주를 찾는 상인과 같다, 바다에 던져 온갖 종류의 고기를 모아들인 그물과 같다, 이렇게 비유하시면서 하늘나라는 겨자씨와 같다고 하셨어요. 겨자씨는 어떤 씨앗보다도 작지만, 자라면 어떤 풀보다도 커져 나무가 되고 하늘의 새들이 와서 그 가지에 깃들인다고 하셨어요.

　당신이여, 인간을 '소우주'라 하지요. 우주의 '우(宇)'는 하늘이 처음 열리던 까마득한 날부터 헤일 수 없는 까마득한 앞으로의 시간을 통틀어 이르는 말이요, 우주의 '주(宙)'는 헤일 수 없는 무한의 공간을 통틀어 이르는 말이니, 하나의 사람이 곧 우주 자체라면 하나의 사람은 정말 엄청 '크낙한' 존재이지요. 그러니 어찌 허투루 살 수 있겠어요? 한 방울의 맑은 물이 되어 살아야겠지요. 한 톨의 겨자씨만한 사랑만이라도 품고 살아야겠지요. 나 하나만이라도 이리 살면 인간세상이 바로 '하늘나라' 되겠지요.